SOMMER DER VERZWEIFLUNG

Von Angela Dorsey sind bei PennyGirl bereits erschienen:

Dunkles Feuer (Engel der Pferde 1), 2003*
Verloren in der Wüste (Engel der Pferde 2), 2003*
Der Berg des Kondors (Engel der Pferde 3), 2004*
Das Mondblumenpferd (Engel der Pferde 4), 2005*
Goldfieber (Engel der Pferde 5), 2005
Verkauft! (Engel der Pferde 6), 2006
Der Schlangenfelsen (Engel der Pferde 7), 2006
Sobekkares Rache (Engel der Pferde 8), 2007
Auf der Flucht (Engel der Pferde 9), 2007
Ruf der Vergangenheit (Engel der Pferde 10), 2008
Tornado (Engel der Pferde 11), 2008
Die Höhle der Wölfin (Engel der Pferde 12), 2009

Der Geist von Freedom, 2002*
Verlassen, 2005*
Freedom und das Findelkind, 2007
Freedom und die Schatten der Vergangenheit, 2009

Evy und die Wildpferde 1 – Tanz der Eiskristalle, 2010
Evy und die Wildpferde 2 – Gefährliche Entdeckung, 2010
Evy und die Wildpferde 3 – Sommer der Veränderungen, 2010
Evy und die Wildpferde 4 – Herbst im Snake Canyon, 2011
Evy und die Wildpferde 5 – Eisige Winterjagd, 2011
Evy und die Wildpferde 6 – Frühling der Geheimnisse, 2011

*nicht mehr lieferbar

Evy und die Wildpferde 7

SOMMER DER VERZWEIFLUNG

Angela Dorsey

Besuch uns im Internet!
www.pennygirl.de

Text © 2011 by Angela Dorsey
Titel der Originalausgabe: Summer of Desperate Races
Umschlag- und Buchillustrationen: Jennifer Bell

Übersetzung: Suzanne Bürger

The Author asserts her moral right to be identified as the Author of the work in relation to all such rights as are granted by the Author to the Publisher under the terms and conditions of this Agreement.

Umwelthinweis:
Dieses Buch wurde auf chlorfrei gebleichtem Papier gedruckt.

Herausgeber und Verlag:
© 2011 Stabenfeldt AB
PennyGirl ist eine eingetragene Marke der Stabenfeldt AB
Redaktion und DTP/Satz: Stefanie Krüger, Stabenfeldt GmbH
Oskar-Schlemmer-Str. 11, 80807 München
Printed in Germany 2011
ISBN 978-3-941443-21-1

Kapitel 1

Twilight presste ihren Kiefer zusammen wie einen stählernen Schraubstock. Aber so leicht wollte ich nicht aufgeben ... Zum x-ten Male schob ich hoffnungsvoll das Gebissstück in Richtung ihres Mauls. *Ach komm, bitte, mach schon auf. Bittebittebitte! Magst du vielleicht ein wenig Zucker drauf?*

Okay, ich weiß schon, was du jetzt denkst. Betteln ist erbärmlich – aber bis jetzt hatte nichts anderes genutzt. Und vielleicht bestand ja die winzige Chance, dass Twilight sich durch meinen verzweifelten Ton erweichen ließ.

Na ja. Oder auch nicht.

Meine wunderhübsche Mustangstute hob den Kopf und bewegte ihn dadurch von dem verhassten Metallding weg. Unter ihrer langen Stirnlocke, die ihr wirr über den Augen hing, spähte sie unwillig auf mich herab. Okay, ich verstand. Twilight wollte sich partout nichts ins Maul schieben lassen.

Enttäuscht ließ ich die Hand sinken. Nie und nimmer würde ich es schaffen, ihr das Gebiss anzulegen – jetzt

nicht und vielleicht überhaupt niemals. Nur um sicherzugehen, dass ich das wirklich kapiert hatte, fragte mich Twilight: *Hörst du jetzt endlich auf, mich zu ärgern?*

Stimmt, du hast ganz richtig gelesen: Sie sprach zu mir. Ja, ich weiß, sie ist ein Pferd. Ein dreijähriger Mustang, um genau zu sein. Also, es ist so: Aus irgendeinem Grund kann ich die Gedanken von Pferden verstehen und spüren, was sie gerade fühlen, jedenfalls innerhalb eines Umkreises von etwa zwei Kilometern. Dabei bin ich mir manchmal nicht sicher, ob das eher ein Segen oder ein Fluch ist. Meistens ist es toll, genau zu wissen und zu spüren, was ein Pferd gerade empfindet – zum Beispiel, wenn Mustangs über die Prärie galoppieren, die Sonne ihr Fell wärmt und der kühle Wind durch ihre Mähnen weht. Nichts ist schöner als die angenehme Schläfrigkeit eines Pferdes, nachdem es einen Morgen lang vor sich hin gegrast hat und dann mit vollem Bauch ein gemütliches Nickerchen macht. Und nichts fühlt sich erfrischender an als die herrlich kalten Wasserspritzer am Bauch, wenn ein Pferd zum Abkühlen in einem See herumplanscht.

Mit Twilight und meinem geliebten grauen Wallach Rusty verbindet mich zusätzlich noch etwas ganz Besonderes: Mit den beiden kann ich mich sogar richtig unterhalten. Rusty hat eine Sprache erfunden, in der er sich mit mir verständigt, seit ich drei Jahre alt bin.

Diese Fähigkeit, mit Pferden zu reden, ist einerseits natürlich super, manchmal aber auch ganz schön lästig. Cool ist es, wenn ich meinen Pferden mitteilen kann, wie ich gerade drauf bin, und zu „hören", was sie mir so alles sagen wollen. Weniger toll ist es, dass auch sie die ganze Zeit meine Gedanken mitbekommen (falls ich meinen

Pferderadar nicht bewusst abschalte). Insbesondere Rusty macht leider keinen Hehl daraus, wenn er mit irgendetwas, was ich denke oder tue, nicht einverstanden ist. Kurz gesagt erwartet er von mir, dass ich mich jederzeit genauso perfekt verhalte, wie er es zugegebenermaßen tut.

Besonders schwierig ist das, wenn ich versuche, meiner Mutter die Wahrheit über unsere Vergangenheit zu entlocken. Sie ist echt eine Geheimniskrämerin, und seit Ewigkeiten versuche ich, aus ihr etwas herauszubekommen. Aber daran denke ich im Moment lieber nicht, weil es mich sonst nur wieder wütend macht.

Also, hörst du jetzt auf, mich zu ärgern?, fragte Twilight erneut und reckte dabei abwehrend den Kopf hoch.

Ich will dich nicht ärgern. Nur ein bisschen mit dir arbeiten, gab ich in Gedanken zurück und versuchte dabei, nicht ungehalten zu wirken. *Aber für heute ist Schluss,* fügte ich hinzu, um ihr zu verstehen zu geben, dass das meine eigene Entscheidung war und ich nicht etwa vor ihrer Sturheit kapituliert hatte.

Als Twilight daraufhin den Kopf senkte und ihr Kiefer sich entspannte, bekam ich sofort ein schlechtes Gewissen. Es war nicht fair von mir, sie für bockig zu halten. Ich verstand ja, wie sehr sie es hasste, ein Metallgebiss in ihrem Maul zu haben.

Ich schlang ihr beide Arme um den Hals, lehnte seufzend meinen Kopf an ihre Schulter und atmete ihren Pferdeduft ein. Sie bog den Kopf zu mir herunter und schmiegte ihn kurz an mich. Das war ihre Art mir mitzuteilen, dass sie nicht mehr sauer auf mich war. Für sie war alles wieder okay. Was ich von mir ehrlicherweise nicht behaupten konnte. Ich machte mir echt Sorgen.

Was könnte ich denn sonst noch versuchen? Ich hatte es wirklich schon mit allen möglichen Tricks probiert, aber bisher war alles vergeblich gewesen. Irgendwie musste ich sie aber dazu bringen, sich etwas anlegen zu lassen, und zwar ziemlich bald. Twilight wurde immer älter, und ich musste sie ans Reiten gewöhnen. Obwohl wir zurzeit finanziell ein bisschen besser dastanden als früher, konnte ich von Mama nicht verlangen, dass sie weiter ein Pferd mit durchfütterte, das keine Gegenleistung erbrachte. Und wie, bitteschön, soll man ein Pferd ohne Zaumzeug reiten?

Ich wusste genau, was Twilight darauf antworten würde. Sie würde vorschlagen, ich solle ihr einfach durch meine Gedanken mitteilen, wo ich hin wollte, und dann würde sie schon irgendwie dorthin finden. Hört sich eigentlich ganz vernünftig an, oder? Allerdings würden sich dann alle wundern, die uns so sahen. Es ist nämlich so, dass niemand von meiner speziellen Fähigkeit weiß – außer Charlie, dem Wildpferd-Ranger, und Kestrel, meiner besten Freundin. Und da ich nicht die geringste Lust hatte, als jemand bekannt zu werden, der übernatürliche Fähigkeiten besitzt und womöglich gezwungen wurde, an irgendwelchen wissenschaftlichen Experimenten teilzunehmen, wollte ich es auch tunlichst dabei belassen.

Ich seufzte. *Tut mir leid, dass ich so gereizt war,* dachte ich und vergaß für einen Moment, dass Twilight Entschuldigungen nicht leiden konnte. *Sorry,* wiederholte ich, gewissermaßen als Entschuldigung für meine Entschuldigung.

Twilight legte die Ohren an und prustete, dann wanderte sie von dannen, um zu grasen. Ein paar Minuten lang sah ich ihr dabei nachdenklich zu. Wie konnte ich sie bloß dazu bringen, dass sie die Dringlichkeit der Lage begriff?

Als ich den Stall betrat, hörte ich ein aufgeregtes Jaulen. Rusty und Twilight teilten sich nach wie vor eine große Box, die andere gehörte Mamas dunkelbrauner Stute Cocoa. Unsere zusätzliche Box war normalerweise für Kestrels Pferd Twitchy reserviert, wenn die beiden uns besuchten. Aber im Moment hatten wir Rascal darin untergebracht, meinen neuen Hundewelpen – einen überaus lebhaften kleinen Kerl. Ich hatte ihn im Stall gelassen, damit er mir während meiner Übungen mit Twilight nicht dazwischenfunkte. Na ja, daraus war ja nun ohnehin nichts geworden.

Ich sperrte die Boxentür auf und Rascal schoss heraus, ein dreifarbiges energiegeladenes Fellbündel mit einem braunen und einem blauen Auge. Sofort begann er, aufgeregt herumzuschnüffeln, stöberte in den Ecken herum und schnupperte alles neugierig an. Schließlich folgte er mir in die Sattelkammer und schnappte nach einem herumliegenden Stück Seil.

Dann schien ihm plötzlich etwas einzufallen, denn er ließ es einfach fallen und flitzte kläffend nach draußen. Wahrscheinlich suchte er nach Sokrates oder Platon, unseren beiden Stallkatzen. Die jagte er für sein Leben gern herum, aber in letzter Zeit hatte er nicht mehr oft Gelegenheit dazu, denn sie waren schlauer geworden. Meistens spähten sie nur noch vom Heuboden selbstgefällig auf ihn herab und miauten ihn verlockend an – Unterhaltung auf Katzen-Art, vermute ich.

Als ich aus der Sattelkammer kam sah ich, wie der kleine Kerl Twilight ins Visier nahm. „Rascal!", schrie ich. Aber er rannte einfach weiter, wie immer, wenn ich ihn rief. Er hatte noch nicht gelernt zu gehorchen – doch wir arbeiteten dran.

Rasch schickte ich einen Gedanken zu Twilight hinüber. *Bitte tu ihm nichts!* Meine Angst war vielleicht etwas übertrieben, aber ich spürte ja, wie sehr der kleine Kläffer ihr auf die Nerven ging. Wenn er ihr zu nahe kam, konnte es durchaus passieren, dass sie ihm einem gezielten Huftritt verpasste.

Sie erwiderte nichts, und als Rascal nach ihren Hinterbeinen schnappte, schlug sie sofort nach ihm aus. Aber ich bemerkte, dass der Tritt nicht ganz ernst gemeint war. Sie verfehlte ihn um wenige Zentimeter. Sowas passierte ihr nur, wenn sie das wollte.

Rascal jaulte vor Schreck auf und kam zu mir zurückgesprintet. Doch auf halbem Wege blieb er plötzlich abrupt stehen, die Ohren in Richtung Haus gerichtet. Einen Sekundenbruchteil später sauste er auf und davon, wie eine rasende Staubwolke.

„Rascal!", rief ich erneut, obwohl ich genau wusste, dass es rein gar nichts bringen würde. Ich trat aus dem Stall heraus um zu sehen, was seine Aufmerksamkeit erregt hatte.

Kestrel kam auf unser Haus zugeritten. Super!

Ich lief meiner Freundin entgegen. Im Sommer kam sie uns einmal pro Woche besuchen und blieb dann über Nacht. In letzter Zeit waren ihre Besuche die Höhepunkte in meinem Leben. Mama war keine große Unterhalterin – um es milde auszudrücken – und gerade war sie einsilbiger denn je. Obwohl meine Unterhaltungen mit Rusty und Twilight viel für meine geistige Gesundheit taten, war es doch schön, ab und zu mit einem Menschen zu reden und Spaß zu haben.

Mama kam auf die Veranda heraus, und Kestrel brachte Twitchy zum Stehen. Sie beugte sich nach hinten und zog etwas aus der Satteltasche, das sie Mama übergab. Ich konnte nicht sehen, was es war. Dann kam Kestrel auf mich zugetrabt.

„Huhu!", rief sie fröhlich und winkte mir zu.

Ich winkte zurück. „Hallo!"

Als ich kurz einen Blick zu Mama hinüber warf, erkannte ich etwas Braunes in ihrer Hand, das aussah wie ein großer Umschlag. Sie ging in Richtung Wald, und bevor ich ihr etwas zurufen konnte, war sie schon zwischen den Bäumen verschwunden.

Rascal flitzte ihr hinterher, und obwohl ich wusste, dass Mama jetzt lieber ungestört gewesen wäre, unternahm ich keinen Versuch, ihn zurückzurufen. Es war mir ganz recht, dass er ihr nachlief. Ich hatte sie in letzter Zeit mehrmals auf ihren Spaziergängen beobachten können: Sie stapfte mit grimmiger Miene durch die Gegend, als befände sie sich in Gedanken in einem heftigen Streit mit jemandem und würde diese Auseinandersetzung immer und immer wieder durchspielen. In diesem Zustand bekam sie überhaupt nicht mehr mit, was um sie herum vorging.

Woher ich das wusste? Letzte Woche war sie einmal direkt auf mich zugestürmt, dabei aber geistig offenbar ganz woanders gewesen. Im letzten Moment musste ich zur Seite springen, sonst hätte sie mich über den Haufen gerannt.

Diese Seite von Mama war für mich relativ neu. Angefangen hatte es, als wir im Frühling aus Vancouver zurückgekommen waren. Dort hatte sie ein paar Gemälde verkauft, was ja eigentlich etwas Gutes war. Wir hatten Lebensmittel, ein paar Sachen zum Anziehen und andere wichtige Dinge besorgt. Aber dann war aus ihr auf einmal dieses verbissene, ruhelose Wesen geworden. Seit wir wieder daheim waren, hatte sie kein einziges Mal den Pinsel in die Hand genommen – dabei war die Malerei ihr Ein und Alles. Ihre Tage bestanden nur noch aus langen Spaziergängen und Briefeschreiben. Natürlich achtete sie darauf, dass ich nie einen Blick auf die Anschrift erhaschte. Anscheinend hatte sie auch Antworten erhalten, aber die hielt sie ebenso vor mir geheim. Vielleicht sollte ich einfach mal ...

Das ist unehrlich, ließ sich Rusty vernehmen, als er mitbekam, dass ich mit dem Gedanken spielte, in den Sachen meiner Mutter herumzuschnüffeln. Mir blieb nichts anderes übrig als ihm sofort zu versichern, dass ich nichts dergleichen tun würde. Und das würde ich auch nicht – vor allem, weil ich Rusty weiterhin reiten wollte. Wenn ich ihn dermaßen enttäuschen würde, dann könnte er mir die größten Schwierigkeiten machen. Und außerdem wollte ich Rusty keinen Kummer machen, denn ich hatte tiefsten Respekt vor ihm.

Sorry.

Ich spürte, wie Rusty sich wieder beruhigte und unter dem schattigen Baum hinter dem Stall weiterdöste. Ach ja, er liebte den Sommer.

Wir gehen ihr nach! Twilight kam auf mich zugetrottet. Anscheinend hatte auch sie meine besorgten Gedanken wegen Mama mitbekommen.

Heute nicht. Ich wusste, dass es nichts bringen würde, Mama zu folgen. Ich hatte es oft genug versucht und inzwischen kapiert, dass ich dabei nichts von ihr erfahren würde. Und außerdem war jetzt Kestrel da.

„Betreibst du wieder Telepathie mit deinen Pferden?"

Ich schaute auf. Kestrel lehnte sich über ihren Sattelknauf, während Twitchy mit schlapp herabhängenden Ohren und hochgezogenem Hinterbein aussah, als würde sie schon seit Stunden so dastehen.

Kestrel reckte sich und gähnte, um mir damit noch deutlicher unter die Nase zu reiben, dass ich sie seit meiner kurzen Begrüßung vollkommen ignoriert hatte.

„Tut mir leid", sagte ich. Anscheinend musste ich mich in letzter Zeit nur noch entschuldigen.

„Und – worum geht's?"

„Ich glaube, Twilight hat vor, Mama nachzulaufen." Meine kleine Stute trabte zu den Bäumen hinüber, zwischen denen Mama im Wald verschwunden war. „Was hast du ihr vorhin gegeben?"

„Einen Brief. Ohne Absender, wie immer," antwortete Kestrel, womit sie meine nächste Frage bereits vorwegnahm.

„Aber wieder mit Poststempel aus Vancouver?"

„Ja."

Wer schrieb meiner Mutter diese Briefe? Und wo gingen die Briefe hin, die sie Kestrel zum Abschicken mitgab? Die Anschrift enthielt nur ein Postfach in Vancouver. Keinen Namen. Keine Straße. Das war alles ziemlich frustrierend für mich, besonders weil ich darauf brannte, endlich ein paar Antworten zu bekommen auf all die Fragen, die mich schon beschäftigten, seit ich alt genug war, Fragen zu stellen. Warum lebten wir als Einsiedler hier draußen in der Wildnis? Wovor versteckten wir uns in dieser Einöde, fernab von jeglicher Zivilisation?

Im Frühling hatte ich einiges herausgefunden, aber gleichzeitig waren dadurch eigentlich nur noch mehr Fragen aufgetaucht. Damals wollte Mama alleine nach Vancouver fahren, aber ich hatte mich auf der Ladefläche des Pick-ups versteckt. Einen ganzen Tag lang war ich dann in der großen Stadt auf eigene Faust unterwegs gewesen und hatte dabei etwas herausgefunden, was mich ziemlich schockiert hatte. Die Leute, die anscheinend seit Jahren nach Mama suchten, gehörten irgendwie zu ihrer Familie. Ich sah ein Mädchen, das anscheinend ein paar Jahre jünger war als ich, aber mir verdächtig ähnlich sah. Und dann deren Großmutter – unsere Großmutter, nehme ich an – die so hart und streng wirkte, dass es mich nicht gewundert hätte, wenn sie die Person gewesen wäre, vor der Mutter sich all die Jahre versteckte.

Und dann war mir ein ganz furchtbarer Gedanke gekommen: Vielleicht hatte sich Mama all die Jahre nur deswegen von ihrer Familie ferngehalten, weil sie mich vor ihren Angehörigen verstecken wollte. Aber warum? Wovor hatte sie Angst? War mit denen irgendwas faul? Würden sie uns etwas antun, wenn sie uns ausfindig machten?

Verstehst du jetzt, was ich damit meinte – dass die paar Antworten, die ich fand, eigentlich nur noch mehr Fragen aufwarfen?

„Komm, wir lassen Twitchy auf die Weide und machen uns an die Arbeit", schlug ich schließlich vor. Ich hatte es satt, mir ständig Gedanken über meine Vergangenheit machen zu müssen.

„Was unternehmen wir denn heute?", wollte Kestrel wissen und ließ sich aus dem Sattel gleiten.

„Das ist eine Überraschung."

Es dauerte nicht lange, Twitchy Sattel und Zaumzeug abzunehmen und sie auf die Weide zu bringen. Sie ist immer recht flink und willig, sobald sie merkt, dass sie nichts mehr tun muss. Es war schön, ihre Vorfreude zu spüren. Mit Rusty und Cocoa herumzuhängen machte ihr immer Spaß. Fast bekam ich ebenfalls Lust, den restlichen Nachmittag einfach nur zu faulenzen, aber ich wusste, dass Kestrel das wahrscheinlich weniger spannend finden würde.

Als wir zum Haus hinübergingen, erhob sich Loonie, unsere betagte, grauhaarige Schäferhündin, mühsam aus ihrem Körbchen neben der Haustür. Sie ist vierzehn Jahre alt, genau wie ich, und für einen großen Hund ist das schon recht alt. Sie streckte sich und kam leicht benommen auf uns zugetrottet. Offenbar hatte sie keinen Schimmer, was um sie herum los war. Als sie vor uns stand, ließ sich sie ermattet auf den Boden plumpsen.

„Meine gute Loonie ... braves Mädchen", sagte ich und beugte mich nach unten, um sie zu streicheln.

„Also – was machen wir?", fragte Kestrel ungeduldig.

Loonie legte den Kopf schräg, damit ich sie hinter den Ohren kraulen konnte.

„Wir werden Loonie baden."

„Oh, super", erwiderte Kestrel und klang dabei so sarkastisch, wie nur sie und Twilight das können.

„Ach komm, das wird ihr Spaß machen! Danach sieht sie aus wie ein Hundemodel – das Gefühl hat sie ja nun wirklich nicht mehr oft! Und außerdem ist sie dreckig."

„Na gut, das ist ein Argument", sagte Kestrel resigniert.

Als erstes setzten wir einen großen Topf mit Wasser auf den Holzofen und machten ein Feuer an. Dann schleppten wir die Badewanne auf die Veranda.

„Bist du wirklich sicher, dass deine Mutter nichts dagegen hat? Ich meine, das ist doch die Wanne, in der ihr beide auch badet, oder?"

„Na, sie ist ja nicht hier, damit ich sie fragen kann", gab ich mit Unschuldsmiene zurück.

„Und wenn die Badewanne hinterher total schmutzig ist?"

„Ach, ich spüle sie gründlich aus, bevor Mama zurückkommt. Die wird gar nichts merken."

Okay, wo steckte Loonie? Ah, da war sie ja. Sie kauerte neben dem Holzstapel und schaute mit stumpfen Augen zu uns herüber. Sie würde das Bad bestimmt genießen: das schöne warme Wasser, den wunderbaren Seifenduft (Mama würde sicher nichts dagegen haben, wenn ich mir ihre Seife für das Hundebad ausliehe), und dann das herrliche Abrubbeln hinterher!

Ich goss etwas kühles Wasser in die Wanne und ging dann in die Küche, um das heiße Wasser zu holen. Miteinander vermischt dürfte das genau die richtige Badetemperatur ergeben. Vorsichtig schleppte ich den dampfenden Topf nach draußen, schüttete das Wasser in die Wanne und fühlte mit der Hand die Temperatur. Perfekt!

Aber wo war Loonie nun schon wieder? Ich sah sie weder neben dem Holzstapel, noch in ihrem Körbchen. Auch unter der Veranda lag sie nicht. Ich warf einen Blick in den Garten – nichts, nur die Gemüsepflanzen. Hinter dem

Haus schaute ich auf den einsamen blauen See hinaus, aus dem wir uns mit dem notwendigen Wasser versorgten. Bei uns gab es nämlich weder Strom noch fließendes Wasser. Und auch kein richtiges Badezimmer. Wie du wahrscheinlich schon erraten hast, weil wir ja vorhatten, einen Hund in einer Zinkwanne auf der Veranda zu baden.

„Loooonie!" Kein Antwort. Eine starke Brise wehte über den See und trieb kleine Wellen über die Wasseroberfläche, aber sonst tat sich nichts. Die Fliegen summten, und die Blätter raschelten im Wind. Ich hatte die Geräusche der Natur nie so richtig zu schätzen gewusst, bevor ich das erste Mal in der Stadt gewesen war und dort diesen ganzen Lärm gehört hatte. Die Menschen, die dort lebten, mussten total taub sein.

Als ich über mir etwas flattern hörte, schaute ich nach oben und sah zwei Vögel davonfliegen – Zedernseidenschwänze hießen sie. Auch das würde es in der Stadt nie geben.

Dann hörte ich gedämpftes Hufgetrappel auf weichem Waldboden. Das musste Twilight sein. Anscheinend war es ihr langweilig geworden, Mama nachzulaufen.

Ich ging zum Haus zurück und sah, wie Kestrel gerade Loonie aus dem Stall führte.

„Meinst du, sie ahnt, dass sie gebadet werden soll?", fragte Kestrel lachend. „Ich fand sie zusammengekauert in der hintersten Ecke – sie versuchte sich anscheinend so unsichtbar wie möglich zu machen."

„Arme Loonie", sagte ich und schlang ihr die Arme um den Hals. „Du wirst sehen, das wird dir Spaß machen, mit dem schönen warmen Wasser und so!" Wenn sie früher ein Bad gebraucht hatte, hatte ich sie einfach in den See gelockt und war ein bisschen mit ihr hinausgeschwommen. Frag mich nicht, woher sie wusste, dass ihr Bad diesmal in der Wanne stattfinden würde – schließlich hat sie noch nie darin gesessen.

So richtig wehrte sie sich nicht, aber sie war auch nicht wirklich kooperativ, als wir sie gemeinsam in die Wanne bugsierten. Ihre Muskeln versteiften sich und ihre Beine wurden dabei starr wie Holzbretter. Als sie endlich mit allen Vieren in der Wanne stand, sah sie uns aus ihren großen Hundeaugen an wie ein Häufchen Elend. Davon ließen wir uns jedoch nicht beeindrucken. Kestrel hielt sie am Halsband fest, ich nahm Mamas Seife und begann, das Fell einzuschäumen.

Gerade als Kestrel und ich mit hohlen Händen warmes Wasser über Loonies Fell rieseln ließen, um den Schaum abzuspülen, kam Twilight auf den Hof getrabt. Sie warf über das Geländer der Veranda einen Blick auf uns, und als sie Loonies erbarmungswürdigen Gesichtsausdruck sah, hätte ich schwören können, dass sie innerlich kicherte.

Als wir mit dem Baden fertig waren, machte das alte Mädchen fast den Eindruck, als wäre ihr das, was wir gerade mit ihr angestellt hatten, nicht mehr ganz und gar zuwider. Jedenfalls war es erheblich einfacher, Loonie aus der Wanne herauszubekommen als hinein.

Mit zwei Handtüchern wollten wir sofort damit beginnen, sie trocken zu rubbeln – in der Hoffnung, dass sie das vielleicht davon abhalten würde, sich zu schütteln und uns von oben bis unten nass zu spritzen. Aber kaum hatten wir sie für einen Moment losgelassen, passierte genau das. Twilight machte einen Satz rückwärts und Kestrel und ich quietschten auf. Als sich Loonie in ihr geliebtes Körbchen trollte, mussten wir uns selbst und auch Twilight erst einmal abtrocknen.

Dann zog ich Loonie sanft wieder aus ihrem Körbchen heraus, und wir begannen, sorgfältig ihr Fell zu entwirren – ich mit Mamas Kamm und Kestrel mit Mamas Haarbürste. Diese Behandlung war nun ganz und gar nach Loonies Geschmack und sie wedelte vor Freude mit dem Schwanz, als ich mit dem Kamm behutsam durch ihr seidig glänzendes Fell fuhr. Ich war einfach mal davon ausgegangen, dass es Mama sicher nichts ausmachen würde, dass ich ein bisschen von ihrer Pflegespülung verwendet hatte – sie würde ohnehin nicht merken, dass etwas fehlte. Bis sie zurückkam, würde alles wieder picobello sauber sein.

An dem Kamm blieben ganze Haarbüschel hängen. Ich hatte keine Ahnung gehabt, dass Loonie noch so viel Winterfell mit sich herumschleppte, seit sie im Frühling gehaart hatte! Mit jedem Bürstenstrich kamen immer noch neue Fellbüschel heraus. Lieber Himmel! Wie viele Haare mochte so ein Hund haben? Wir hätten fast ein Kopfkissen mit den Haarklumpen stopfen können!

Plötzlich, wie aus dem Nichts, kam ein schwarz-weißbraunes Fellbündel über den Hof auf uns zugesaust. Loonies herumliegende Haarbüschel wirbelten auf, und als ich den Mund öffnete, um Rascal zu beruhigen, hatte ich sofort Hundehaare auf der Zunge.

Mama kommt, teilte mir Twilight mit. Sie war eingedöst, während wir Loonie bearbeitet hatten, aber nun war sie auf einmal hellwach – und total nervös.

Ich auch, denn Twilight hatte allen Grund zur Unruhe. Mama war zurück – und starrte von der untersten Verandastufe zu uns hinauf. Ich schaute mich um und bemerkte, was für ein Chaos wir angerichtet hatten. In der Badewanne stand eine schmutzig-trübe Brühe, in der Büschel aus verfilzten Fellhaaren schwammen. Auf den Holzbalken hingen triefend nasse, verdreckte Handtücher. Mamas feine Parfümseife lag in einer schmutzigen Wasserlache, und von ihrer teuren Pflegespülung versickerten gerade die letzten Tropfen im Holzboden – dank Rascal, der die Flasche umgestoßen hatte. Überall waren Hundehaare. Das Einzige, was einigermaßen passabel aussah, war die frisch gebadete Loonie.

Mama sah sich die Bescherung stumm an, den Mund halb offen, als hätte es ihr die Sprache verschlagen. Dann blieb ihr Blick an Loonie hängen. „Sie sieht toll aus", sagte sie, dann bahnte sie sich vorsichtig einen Weg durch das Durcheinander und verschwand im Haus.

Ich blinzelte ein paar Mal. „War das meine Mutter, die da gerade ins Haus ging?", fragte ich wie benommen. "Oder war das eine Außerirdische?"

Kestrel schaute genauso verdutzt drein wie ich. „Ich fürchte, das war deine Mutter."

Rascal, von seiner Herumrennerei durstig geworden, streckte den Kopf in die Wanne und schlabberte etwas von dem Seifenwasser, während sein kleines Schwänzchen auf und ab wippte. Dann schaute er mich mit großen Augen an, als wollte er mir versichern, dass er danach selbstverständlich gleich an uns hochspringen und uns schmutzig machen würde – nicht, dass wir etwa meinten, er hätte uns vergessen. Aus dem Augenwinkel sah ich, wie Twilight mit raschen Schritten auf den kleinen Kerl zusteuerte.

„Nein!", kreischte ich.

Aber da war es schon zu spät. Twilight gab dem kleinen Welpenhintern einen Schubs – und Rascal landete kopfüber im Wasser. Einen Moment später tauchte er verdutzt wieder aus der Brühe auf. Wasser spritzte überall hin. Rascal sprang mit einem Satz aus der Wanne und hatte offenbar vor, trotz allem ungerührt seine Begrüßungszeremonie fortzusetzen.

Kestrel schrie auf und rannte davon. Als die gute Freundin, die ich bin, versuchte ich, sie vor dem Schlimmsten zu bewahren, indem ich nach Rascal griff, um ihn festzuhalten, doch er war pitschnass und flutschte mir aus den Händen. Unbeirrt hetzte der kleine Kerl hinter Kestrel die Verandastufen hinab.

Kurz vor Twilight blieb er abrupt stehen, und ein Grinsen schlich sich in mein Gesicht, als Rascal anfing, sich das Wasser aus dem Fell zu schütteln. Dabei verteilte er einen Regen aus Dreckspritzern. Twilight machte einen Satz zur Seite, aber – ha! Zu spät.

An einer Seite mit kleinen dunklen Schmutzpünktchen übersät, trabte sie beleidigt von uns weg, dicht gefolgt von Rascal, der sich weiter kräftig trockenschüttelte. Kestrel und mich hatte er anscheinend völlig vergessen. Dieser große Vierbeiner war ja auch viel interessanter!

Ich wollte den kleinen Hund eigentlich zurückrufen, oder es zumindest wieder mal versuchen, aber ich konnte vor Lachen nur noch japsen. Kestrel ging es nicht anders, sie hielt sich den Bauch und gluckste begeistert. Schließlich ließ sie sich neben mir auf den Boden sinken, inmitten der Knäuel aus Hundehaaren. Wir beide konnten nicht mehr aufhören zu lachen, bis uns die Tränen über die Wangen liefen.

Aber trotz der Show, die Twilight und Rascal vor unseren Augen abzogen – die beiden jagte sich gegenseitig wie zwei wild gewordene Clowns mal hierhin, mal dorthin – fühlte ich mich allmählich immer unbehaglicher. Mama hatte ihre ausgelaufene Pflegespülung gesehen, ebenso die verdreckte Badewanne und ihre Lieblingsseife, die voller Hundehaare war. Trotzdem war sie einfach ins Haus gegangen, ohne auch nur ein einziges Wort des Tadels.

Ich konnte nicht länger ignorieren, dass Mama ein ernsthaftes Problem belasten musste. Dass sie nach unserem Ausflug nach Vancouver irgendwie anders drauf war als früher, das war mir schon aufgefallen. Ich hatte auch versucht herauszufinden, woran das lag – in erster Linie aber deswegen, weil mir ihre ewige Geheimniskrämerei auf die Nerven ging. Ich war es ja gewohnt, dass sie sich ab und zu etwas exzentrisch verhielt. Aber jetzt wurde mir schlagartig klar, dass Mama diesmal nicht nur „komisch drauf" war. Hier war etwas faul, und zwar richtig. In Vancouver musste irgendetwas passiert sein, das sie bis ins Mark erschüttert hatte.

Höchste Zeit, meine Nachforschungen mit Hochdruck voranzutreiben – und während ich brillante Ideen ausbrütete, um das größte Geheimnis meines Lebens zu lüften, könnte ich vielleicht nebenher herausfinden, was hinter Twilights abgrundtiefem Hass für Zaumzeug steckte. Na, das wäre doch echt super.

Kapitel 2

Ein paar Wochen später war Mama immer noch mies drauf – und Twilight war so stur wie eh und je. Nach wie vor ließ sie sich höchstens mal ein Halfter über den Kopf streifen, sonst nichts. Und ich hatte immer noch nicht die geringste Ahnung, was mit Mama los war. Das lag natürlich auch daran, dass ich mich brav an Rustys Regeln gehalten hatte. Das heißt, ich bin nicht in Mamas Zimmer geschlichen und habe nicht in ihren Sachen herumgestöbert, obwohl ich mehr als einmal eine gute Gelegenheit dazu gehabt hätte.

Was ihre geistige Abwesenheit anging, war es sogar noch schlimmer geworden, und sie machte häufig stundenlange Spaziergänge. Tatsächlich verhielt sie sich nicht einmal mehr „mütterlich" und behandelte mich eher wie eine Mitbewohnerin, die ihr eigenes Ding machte. Meine Anwesenheit schien sie nur zu bemerken, wenn ich direkt vor ihr stand. Und manchmal nicht mal dann.

In den vergangenen Monaten waren ihre Malversuche für mich immer ein Gradmesser dafür gewesen, wie sie sich fühlte. An manchen Tagen kramte sie morgens alle ihre Farbtuben heraus, starrte eine Stunde lang die leere Leinwand an, spielte mit ihren Pinseln herum, mischte zuweilen sogar ein paar Farben an – und packte dann alles wieder weg. Aber in den letzten zwei Wochen hatte sie ihre Leinwände, die in der Zimmerecke verloren an der Wand lehnten, nicht mal mehr eines einzigen Blickes gewürdigt.

Ich bin von Natur aus optimistisch und versuche immer, das Positive zu sehen, aber eigentlich gab es nur einen einzigen Lichtblick: Wir hatten offenbar keine finanziellen Sorgen, und dafür war ich sehr dankbar. Der Verkauf von Mamas Bildern hatte im Frühling eine Menge Geld eingebracht, und wir hatten davon bis jetzt so gut wie nichts davon ausgegeben. Das bedeutete, bei sparsamer Haushaltsführung konnten wir es hier draußen problemlos ein paar Jahre aushalten – selbst wenn Mama gar keine Bilder mehr malen würde.

Und vielleicht machte sie ja gerade einfach nur eine Künstlerpause? Aber nein, Optimist zu sein sollte auch nicht heißen, dass man sich selbst etwas vormacht.

Dann brachte Kestrel eines Tages etwas mit, das mich einen Riesenschritt voranbrachte: Außer ein paar Büchern für mich hatte sie einen weiteren großen, braunen Umschlag für Mama in der Satteltasche.

Mama nahm ihn und hatte sich bereits wieder in ihrem Zimmer verkrochen, noch bevor Kestrel meine Bücher aus ihrer Tasche herausgezogen hatte. Natürlich waren es Pferdebücher, wie immer.

„Wahnsinn!", rief ich und vergaß den geheimnisvollen Umschlag für einen Moment, als ich das Titelbild auf einem der Bücher sah. Es zeigte ein tolles schwarzes Pferd vor einer brennenden Scheune.

„Dieses würde ich gerne als erstes lesen", bat Kestrel. „Aber schau dir mal das hier an ..."

„Sorry – aber damit musst du warten, bis ich es gelesen habe!", sagte ich. Dann nahm ich ihr das nächste Buch aus der Hand. Auf dem Cover waren zwei prachtvolle Pferde abgebildet, die nebeneinander auf einer Wiese in der goldenen Abendsonne standen.

Kestrel grinste. „Keine Chance. Du liest erst das hier ... oder das hier." Sie hielt mir ein weiteres Buch vor die Nase, auf dem ein weißer Pegasus mit silbernen Flügeln prangte.

„Auf keinen Fall!" Ich schnappte ihr das Buch aus den Händen. „*Das* hier wollte ich schon seit Ewigkeiten lesen! Super dass du das auch besorgt hast."

Kestrel lachte. „Das wusste ich! Siehst du? Es macht dir also nichts aus, wenn ich das Buch mit dem Rappen zuerst lese!" Damit nahm sie es mir wieder weg.

„Okay, okay", gab ich nach.

Die Tür zu Mamas Zimmer ging auf, und meine Mutter streckte den Kopf heraus. „Was brüllt ihr denn so herum?"

„Kestrel hat mir ein paar supertolle Bücher mitgebracht!", sagte ich. Ich konnte meine Begeisterung kaum verhehlen. „Gibst du mir etwas Geld, damit ich sie ihr bezahlen kann?"

Mama starrte mich geistesabwesend an, als habe sie mich nicht gehört, und ich wiederholte meine Frage.

"Klar", sagte sie schließlich. „Ich geb's dir." Sie verschwand in ihrem Zimmer. „Komm rein, Evy."

Ich sah Kestrel schulterzuckend an und folgte Mama ins Zimmer.

Sie machte die Tür hinter mir zu. Sehr seltsam.

Mama ging zur Kommode hinüber. „Wie viel brauchst du?"

„Dreißig Dollar."

Und dann sah ich ihn. Der große braune Umschlag lag auf ihrem Bett – offenbar sehr hastig aufgerissen. Daneben waren zwei unordentliche Stapel mit Unterlagen. Bei einem davon lagen die Vorderseiten der Blätter nach unten gedreht, als habe Mama sie bereits gelesen. Auf dem obersten Blatt des anderen Stapels lag ... ich ging unauffällig etwas näher heran ... die Fotokopie einer Geburtsurkunde. Aber es war nicht meine, es stand der Name Tristan darauf.

Mama nahm die Blätter hastig an sich und presste sie an ihre Brust.

Ich schaute auf und blickte ihr ungerührt ins Gesicht, als wäre gar nichts. Das war eine reife Leistung, wenn man bedenkt, dass mein Herz pochte wie verrückt und mir das Blut in den Ohren rauschte. Ein Hinweis! Endlich ein konkreter Hinweis!

Mama schob die Papiere hastig unter den aufgerissenen Umschlag. Dann drehte sie sich um, holte ihr Portmonee aus der obersten Kommodenschublade und nahm dreißig Dollar heraus.

„Kestrel soll bitte keine weiteren Bücher für dich kaufen, okay?", sagte sie, während sie mir die Scheine gab.

„Ist in Ordnung. Ich sag's ihr." Ich war immer noch wie benommen von dem, was ich gesehen hatte. Wer war Tristan? Hätte ich doch nur genügend Zeit gehabt, auch den

Nachnamen zu entziffern! Oder das Geburtsdatum! Das hätte mir eine Menge mehr verraten können.

Wie benommen ging ich zur Tür und streckte die Hand nach dem Türgriff aus. Dann fiel mir auf einmal ein, was sie als Letztes zu mir gesagt hatte, und ich drehte mich noch einmal um. „Warum nicht? Ich dachte, wir haben keine Geldsorgen."

„Haben wir auch nicht. Es ist nur ... nun, ich möchte das Geld nicht für extravagante Dinge ausgeben."

„Aber Bücher sind doch nichts extravag..."

Mama sah mich bitterböse an. Ich konnte es nicht fassen. Sie mich! Ich dachte, ich wäre hier diejenige, die immer ungehalten das Gesicht verzieht. Warum lief hier auf einmal alles verkehrt? Im Moment war unser Leben wirklich aus der Bahn geraten.

Anscheinend wurde unser Geld knapp. Denn etwas anderes konnte es nicht bedeuten, wenn Mama mir sagte, wir sollten keine weiteren Bücher kaufen. So lange wir genug hatten, hatte sie zwar auch immer an allem gespart, aber nicht an Büchern.

Als Mama mich weiter unverwandt anstarrte und mit keinem Wort auf meinen Einwand einging, verließ ich das Zimmer.

In meinem Kopf schwirrte es. Wo war das ganze Geld geblieben? Vor zwei Monaten hatten wir noch jede Menge gehabt, und schließlich gab es hier draußen in der Wildnis keine Geschäfte, in denen man es sinnlos auf den Kopf hauen konnte. Und in Vancouver hatten wir nur neue Leinwände gekauft (die jetzt unberührt in der Ecke lagen), und auf der Rückfahrt in Williams Lake bloß einige Bücher und ein paar Lebensmittel besorgt.

Kestrel zog erstaunt eine Augenbraue hoch, als ich sekundenlang vor Mamas Zimmertür verharrte, den Knauf noch in der Hand. Ich war immer noch wie vom Donner gerührt. Schließlich riss ich mich zusammen und ließ den Türgriff los.

„Komm, wir gehen raus in den Stall", schlug ich vor, nachdem ich Kestrel das Geld gegeben hatte. Ich wollte nicht, dass Mama mitbekam, worüber wir sprachen.

Kestrel nahm die Bücher mit und folgte mir wortlos. Ich erzählte ihr rasch, warum ich so bestürzt war. Sie hatte auch keine Ahnung, wer dieser Tristan sein könnte – und genauso wenig wusste sie natürlich, wofür Mama so viel Geld ausgegeben hatte.

Auf der anderen Seite war es ziemlich eindeutig. Das Geld konnte unser Haus nur in diesen mysteriösen Umschlägen verlassen haben, die Mama wem auch immer geschickt hatte. Und wenn jetzt einer der Antwortbriefe die Kopie einer Geburtsurkunde enthielt ... Menschenskind, vielleicht hatte Mama ja einen Privatdetektiv beauftragt? Aber was sollte der für sie herausfinden? Wie immer brachten meine Nachforschungen nicht viele Antworten, sondern warfen nur noch mehr Fragen auf.

Als ich merkte, dass Kestrel hin und wieder einen sehnsüchtigen Blick auf die Bücher warf, hörte ich mit meinen pausenlosen Vermutungen und Überlegungen auf. Wir machten es uns im Heu gemütlich und begannen zu schmökern, während sich Sokrates und Plato schnurrend zwischen uns kuschelten. Aber, um ehrlich zu sein, war es wohl eher so, dass Kestrel las und ich es nur versuchte. Meine Gedanken kreisten im Moment nur um das Eine – da waren selbst die fliegenden Pferde in meinem Buch keine Ablenkung. Ich konnte mich einfach nicht konzentrieren, weil vor meinem inneren Auge immer wieder diese Geburtsurkunde auftauchte.

Als es endlich Zeit war, die Pferde zu füttern, atmete ich auf. Nur so zu tun, als ob man liest, ist auf Dauer ganz schön anstrengend.

Nachdem wir die Pferde versorgt hatten, machten Kestrel und ich uns schnell ein paar belegte Brote zum Abendessen, denn wir hatten an diesem Abend noch etwas vor. Für Mama legten wir auch welche beiseite.

Kurz darauf kam sie tatsächlich aus ihrem Zimmer, schlang ihre Brote hinunter und verschwand dann gleich wieder. Wir hatten also freie Bahn.

Ich hinterließ einen Zettel auf dem Tisch mit der Nachricht, dass wir im Stall waren – nur für den ziemlich unwahrscheinlichen Fall, dass sie unsere Abwesenheit überhaupt bemerkte. Das entsprach sogar einigermaßen der Wahrheit, wenn wir auch nicht die ganze Zeit dort bleiben würden.

Wir holten uns unsere Schlafsäcke und eine Laterne. Mit etwas Glück würden wir nämlich erst nach Anbruch der Dunkelheit zurückkommen.

Auf dem Weg zum Stall hinüber atmete ich ganz tief durch und schaute hinauf in den klaren Himmel. Das würde ein fantastischer Mitternachtsritt werden. Heute hatten wir Vollmond, und man würde jeden einzelnen Stern sehen können. Die ideale Nacht, um nach wilden Mustangs Ausschau zu halten. Es war schon Ewigkeiten her, seit wir Twilights Herde das letzte Mal begegnet waren, aber am Vortag hatte ich aus der Ferne ein leises Wispern aufgefangen und war sicher, dass sie sich irgendwo in unserer

Gegend aufhielten. Ich freute mich schon darauf, Twilights kleine Schwester zu sehen, die im Frühling zur Welt gekommen war.

Twilight tanzte aufgeregt um uns herum, während wir zum Stall gingen. Auch Rusty brannte darauf, uns zu begleiten und etwas Bewegung zu bekommen. Nur Kestrels Stute Twitchy schien von der mitternächtlichen Mustangsuche weniger begeistert zu sein. Na ja, sie war halt nicht mehr die Jüngste und längst nicht mehr so unternehmungslustig wie früher. Als ich Kestrel vorschlug, sie solle Twitchy hierlassen und stattdessen Cocoa reiten – die war seit einer Woche nur auf der Weide gewesen, weil Mama statt zu reiten lieber zu Fuß ging – war sie mehr als einverstanden.

Rascal winselte empört, als wir ihn in einer Box einsperrten. Er tat mir zwar etwas leid, aber wir konnten ihn unmöglich mitnehmen. Nicht, wenn wir Wildpferde aufspüren wollten. Er hatte noch nicht gelernt, auf Befehl still zu sein – ein einziger Fiepser von ihm würde aber schon genügen, und die Pferde wären über alle Berge. Außerdem wusste ich, dass er in der Box nicht lange herumjaulen würde. Meistens fiel er nach ein paar Minuten in Tiefschlaf, so dass ich mein Mitleid zeitlich in Grenzen halten konnte.

Twitchy war uns keine Sekunde böse, dass sie gemütlich im Stall bleiben konnte, und so ritten Kestrel und ich kurz danach über die Wiese in Richtung Wald.

Die untergehende Sonne malte rötliche Streifen zwischen die Äste und verteilte überall leuchtende Lichtsprenkel. Auf meinem grauen Rusty sahen sie dunkelrosa aus, auf Cocoas braunem Fell eher samtig rot. Auf Twilights Fell schimmerten rosagoldene Lichttupfen, nur ihre Mähne und ihr Schweif blieben pechschwarz.

Kestrel und ich ritten eine Weile schweigend dahin. Alles um uns herum war so atemberaubend schön, dass es uns die Sprache verschlug. Manchmal können Worte nur stören.

Erst als die Sonne hinter den Bergen verschwunden war und die Nacht anbrach, begannen wir uns zu unterhalten. Wir hatten ja so viel zu erzählen und zu besprechen! Nächstes Wochenende würde nämlich das jährliche Rodeo stattfinden, und wir hatten uns wie letztes Jahr für den Geschicklichkeitswettbewerb angemeldet. Ich hatte sogar einen Siegertitel zu verteidigen. Letztes Jahr hatten Rusty und ich ganz knapp das Barrel Race, also das Tonnenrennen, gewonnen. Dieses Jahr mussten wir noch schneller sein, denn jetzt gab es noch einen weiteren Grund zu gewinnen: Es sah so aus, als könnten wir das Preisgeld von hundert Dollar gut gebrauchen ... Hoffentlich musste ich diesmal nicht wieder irgendwelche Pferde retten und sie ihren brutalen Besitzern abkaufen. Das Geld würde ich gerne Mama geben.

Kestrel erzählte, dass sie Twitchy für jeden Wettbewerb angemeldet hatte, aber beim Tonnenrennen würde sie kaum eine Chance haben. Dafür war die alte Stute einfach nicht mehr flink genug. Das Pole Bending, also das Slalomrennen, würde sie dagegen wahrscheinlich im Schlaf gewinnen – und auch beim Keyhole Race, dem Schlüssellochrennen, hatte sie gute Chancen. Twitchy war echt gut, wenn es darum ging, abrupt zu stoppen.

Bei dieser Veranstaltung würden wir vielleicht auch meinen heimlichen Schwarm Jon wiedersehen, jedenfalls hoffte ich das. Da wir kein Telefon hatten, konnte ich ihn ja nicht einfach anrufen und fragen, ob er kommen würde. Überhaupt hatte ich erst ein einziges Mal in meinem Leben ein Telefon benutzt. Ja, ich weiß, das hört sich komisch an.

Aber vom Thema „Jon" lenkte ich unser Gespräch gleich wieder ab. Vielleicht hatte er ja inzwischen eine feste Freundin, und wenn das so war, dann musste ich mich entsprechend wappnen. Ich wollte ja nicht in die Verlegenheit kommen, am Ende noch irgendwo heulend in der Ecke zu sitzen. Na ja, okay, das war jetzt vielleicht etwas übertrieben. Aber es wäre schon nicht schlecht, wenn ich wenigstens so tun könnte, als würde es mir nicht das Geringste ausmachen, wenn er mit einem anderen Mädchen zusammen wäre.

„Und, was werdet ihr jetzt tun?", fragte Kestrel. „Wegen des Geldes, meine ich. Für den Fall, dass deine Mutter nicht bald wieder anfängt zu malen, und ihr keine Bilder mehr verkaufen könnt."

Ich verzog das Gesicht. „Keine Ahnung ... genau das macht mir ja am meisten Sorgen. Sie versucht es ja nicht mal mehr. Wahrscheinlich sind ihre Farbtuben inzwischen alle schon eingetrocknet, und sie weiß es nicht mal."

„Ich wünschte, wir könnten irgendwie herausfinden, was sie so beunruhigt. Dann wäre sie vielleicht nicht so ..." Kestrel sprach nicht weiter.

„Nicht so wie?", bohrte ich nach und wurde allmählich richtig grantig.

„Ach, nichts."

„Nein, komm – sag schon!" Okay, ich gebe es zu, ich war auf Streit aus. Ich weiß, es machte keinen Sinn, meine

Wut auf Mama an meiner besten Freundin auszulassen. Kestrel war ja nur besorgt und versuchte wirklich, mir zu helfen. Aber in diesem Moment konnte ich einfach nicht anders.

"Nein, du bist ja jetzt schon ziemlich geladen", entgegnete Kestrel geradeheraus, wie es ihre Art war.

Warum bist du böse?, fragte Rusty.

Lass uns ein Stück galoppieren!, warf Twilight ein. Das ist ihre übliche Reaktion auf angespannte Situationen. Es scheint auch eine ganz erfolgreiche Strategie zu sein – bis man feststellt, dass man damit meistens nicht dem Schlamassel entkommt, sondern geradewegs in den nächsten hineinrennt.

Ich seufzte. „Sorry. Ich bin ja nicht sauer auf dich, sondern ..."

„Weiß ich doch."

„Ich weiß echt nicht, was ich tun soll. Wegen unserer Finanzen, meine ich. Hast du vielleicht eine Idee?"

„Du könntest bei uns auf der Ranch arbeiten. Vielleicht stellt dich mein Vater ein, damit du dich um die Rinder kümmerst oder so – falls du nicht zu viel verlangst."

"Hey, das ist gar keine so schlechte Idee!" Das hätte den zusätzlichen Vorteil, dass ich eine Weile bei Kestrels Familie wohnen könnte. Das waren alles ziemlich normale Menschen, und ich liebe normale Menschen. Bei denen kann man sich wenigstens einigermaßen sicher sein, dass sie nicht plötzlich seltsame Anwandlungen haben und nicht sagen, warum.

Kestrel zuckte mit den Schultern. „Natürlich muss deine Mutter damit einverstanden sein. Wenn sie dagegen ist, gibt er dir garantiert keinen Job."

„Nie und nimmer wird sie damit einverstanden sein", sagte ich. „Denn dann wäre ich ja nicht mehr da, und sie hätte niemanden mehr um sich herum, den sie total ignorieren kann."

Kestrel warf mir von der Seite einen mitfühlenden Blick zu.

Mond, sagte Twilight, und durch ihre Augen sah ich in der Ferne einen silbrigen Streifen über den Bergen auftauchen.

Als ich selbst hinaufschaute, war er sogar noch viel größer und prachtvoller als in ihren Gedanken. „Da, schau mal", wies ich Kestrel darauf hin und zeigte zum Himmel. Dann sog ich ganz tief die kühle Nachtluft ein. Genau das brauchte ich jetzt – die Freiheit der unberührten Natur. Kein weiteres Wort mehr über Mama. Ich wollte nicht einmal mehr an sie denken. Diese Nacht gehörte nur mir und meinen Freunden, und ich wollte sie unbeschwert genießen.

Als der Mond über den Bergen aufging, wurde er immer runder und heller, bis er wie eine perfekte Kugel am Himmel stand. Die Nacht rings um uns herum war voller Geräusche, aber obwohl der Mond alles erleuchtete, sahen wir keine anderen Lebewesen außer uns. Wir wussten jedoch, dass wir dennoch von allen Seiten beobachtet wurden, denn als wir durch das Gestrüpp ritten, begleitete uns ein Konzert aus Krächzen, Flügelklatschen, Zwitschern und Piepsen.

Ich empfing ein Gefühl der Freiheit, spürte, wie der Wind sanft durch die Mähne eines Pferdes strich ...

Ich brachte Rusty zum Stehen. Die Wildpferde mussten ganz in der Nähe sein – und das Pferd, das ich gerade ge-

hört hatte, war ein ganz besonderes. Ich kannte es. War das nicht Wind Dancer?

„Hörst du sie schon?", flüsterte Kestrel.

Ich nickte, überwältigt vom Gefühl der Liebe, die eine Stute für ihr Fohlen empfand, und lächelte. „Sie sind nicht mehr weit weg." Ich lenkte Rusty in die Richtung. „Ich kann Wind Dancer und ihr Baby hören."

„Und die anderen aus der Herde – sind die auch da?", fragte Kestrel aufgeregt.

Ich bat Rusty, ganz gleichmäßig zu gehen und versuchte erneut, mit den Wildpferden geistig Kontakt aufzunehmen.

Night Hawk, der Leithengst, war in ihrer Nähe. Er schlief ganz tief und träumte gerade. Dann erkannte ich Black Wing, die neue Leitstute. Sie döste vor sich hin, aber ich spürte, wie ihre Ohren dennoch aufgerichtet waren, damit ihr kein Nachtgeräusch entgehen konnte. Sie war eine gute Leitstute, sehr intelligent und listig. Sich an die Herde heranzuschleichen dürfte nicht einfach werden …

„Wir sollten Cocoa und Rusty hier lassen und das letzte Stück zu Fuß gehen", schlug ich vor. Dann gäbe es schon mal kein verräterisches Hufgetrappel und weniger knackende Äste und Zweige.

„Und was ist mit Twilight?"

„Meinst du im Ernst, wir könnten sie dazu überreden, brav hier zu bleiben?"

Kestrel kicherte leise. „Stimmt, du hast recht."

Ich drehte mich im Sattel um und spähte in die Dunkelheit. Nichts.

„Würde sowieso nichts mehr nützen. Sie ist schon weg."

Wir banden Cocoa an einem Baum fest, und sie und Rusty richteten sich auf eine längere Verschnaufpause ein. Rusty brauchten wir nicht anzubinden – er wusste ja, was wir vorhatten. Ich umarmte ihn kurz, dann schlichen Kestrel und ich los.

Ohne die Pferde konnten wir uns wahrscheinlich lautloser heranpirschen, aber einen großen Unterschied machte es dann doch nicht. Es war nicht einfach voranzukommen, weil das Mondlicht nur teilweise durch die dichten Baumkronen bis ganz nach unten zum Boden drang. Jedesmal, wenn wir eine mondbeschienene Fläche vor uns sahen – nur mit abgefallenen Nadeln, Waldkräutern und herabgefallenen Zweigen bedeckt – versuchten wir, möglichst lange darauf weiterzugehen. Sobald wir wieder zwischen den Bäumen und in der Dunkelheit waren, konnten wir uns nur noch halb blind vorantasten, wobei Zweige knackten und Steine knirschten. Damit die Wildpferde uns nicht so schnell bemerkten, bat ich Twilight, noch ein wenig zu warten, bevor sie zu ihrer alten Herde stieß. Wenn die Pferde durch sie abgelenkt wären, würden sie vielleicht nicht so stark auf unsere Geräusche achten. So hätten wir eine größere Chance, richtig nahe an sie heranzukommen.

Die Pferde standen auf der anderen Seite der Wiese. Wind Dancers glänzendes Palomino-Fell schimmerte im hellen Mondlicht, als wäre es mit Leuchtfarbe angestrichen. Ein Stück entfernt von ihr entdeckte ich Ice, einen Blauschimmel, der sich inzwischen zu einem stämmigen Zweijährigen entwickelt hatte. Night Hawk und Black Wing waren beide dunkelfellig und in der Schwärze der Nacht kaum zu erkennen, ebenso wie Wind Dancers kleines Fohlen. Charlie, der Wildhüter hatte mir letzten Herbst erzählt, dass sie mittelbraun war. Ich tippte jetzt aber eher auf dunkelbraun, sonst hätte ich im Mondlicht sicher irgendwas von ihr gesehen.

Als mir bewusst wurde, dass es nicht mehr waren, war ich ziemlich bedrückt. Dark Moon, das letzte Fohlen von Black Wind, hatte die Herde im letzten Frühling verlassen. Und Snow Crystal, die einzigartige alte Stute, hatte den letzten Winter nicht überlebt. Vor zwei Jahren war Willow von einem fremden Hengst fortgelockt worden. Somit bestand die Herde jetzt nur noch aus drei ausgewachsenen Pferden sowie zwei Fohlen. Aber Ice würde wahrscheinlich schon bald seiner eigenen Wege gehen – wie damals Dark Moon.

Warum konnten die Dinge nicht einfach so bleiben, wie sie waren?

Aber wenn ich so darüber nachdenke – vergiss, was ich eben gesagt habe. Auch Twilight hatte einmal zu dieser Herde gehört. Und ohne sie könnte ich mir mein Leben nicht mehr vorstellen.

Wir sind bereit, ließ ich meine Kleine wissen. *Los, lenk sie ab!*

Am anderen Ende der Wiese hörte ich Twilight kurz wiehern.

Black Wing und Night Hawk traten gleich darauf aus dem Schatten heraus und kamen mit hoch erhobenen Köpfen in unsere Richtung gelaufen, um zu sehen, wer sie da gerufen hatte. Ice folgte ihnen, und das Mondlicht beschien sein glänzendes Fell, unter dem sich seine kräftigen Muskeln abzeichneten. Für so ein stämmiges junges Pferd bewegte er sich erstaunlich grazil und elegant, als er seinem Vater, dem Leithengst, hinterhertrabte. Als die drei anhielten, konnten wir sie nicht mehr sehen, weil rings um sie zu viele Bäume standen.

Twilight wieherte erneut.

„Los, komm!", flüsterte ich Kestrel zu, und wir pirschten uns auf Zehenspitzen zum Wiesenrand vor. Da standen die drei Pferde im hellen Mondlicht, still wie Statuen, und schauten Twilight mit gespitzten Ohren entgegen.

Kestrel und ich kauerten uns hinter einen dicken Baumstumpf. Er bot das perfekte Versteck, von dem aus wir die Pferde in aller Ruhe beobachten konnten – solange wir uns still verhielten. Wenn wir hervorlugten, würden unsere Köpfe aussehen wie Astknubbel oder vielleicht auch große Pilze.

Wind Dancer kam jetzt ebenfalls herbei, begleitet von einer kleinen, schemenhaften Gestalt. Ich spürte das Herz des Fohlens wild pochen, angesteckt von der plötzlichen Aufmerksamkeit, die die Herde ergriffen hatte. Aber was es empfand, war keine Furcht – es war gespannt und aufgeregt. Als das Fohlen in unser Sichtfeld kam, malte das Mondlicht ein sichelförmiges weißes Zeichen auf seine Stirn – wie ein Halbmond.

Crescent Moon – Mondsichel, dachte ich und schickte diesen Gedanken zu Twilight hinüber. Das wäre der perfekte Name für das Kleine.

Twilight entgegnete nichts. Sie schaute gebannt auf ihre Familie und wusste genauso gut wie ich, dass sich Pferde ihre Namen selbst gaben.

Sie setzte sich in Bewegung und ging auf die anderen Pferde zu, während Wind Dancer ein paar Schritte zur Seite trat und ihr entgegenblickte. Das kleine Fohlen stakste unbeirrt weiter, bis es schließlich mit wild klopfendem

Herzen nur noch ein kleines Stück von Twilight entfernt war. Was für ein mutiges kleines Ding! Nun ging auch Wind Dancer weiter auf Twilight zu. Ihr Gang war vollkommen entspannt – sie wusste genau, dass Twilight ihrer kleinen Schwester nichts antun würde.

Twilight und das Fohlen blieben stehen und beschnupperten sich. Das Fohlen sog den neuen Geruch ein, und Twilight wieherte leise, wackelte mit dem Kopf und schmiegte dann sanft ihre Stirn an den Hals der Kleinen.

„Oh, wie süß", wisperte Kestrel neben mir.

„Ja, echt niedlich", stieß ich atemlos hervor.

Plötzlich begann Night Hawk zu schnauben, bäumte sich halb auf und preschte vorwärts, um Twilight ebenfalls zu begrüßen. Aber er war ein rücksichtsvoller Vater und scheuchte erst seine kleine Tochter sanft zur Seite, bevor er und Twilight sich gegenseitig beschnupperten. Dann trat auch Ice hinzu, und schließlich standen die Pferde dicht zusammengedrängt auf der mondbeschienenen Wiese. Allein Black Wing schien über Twilights Besuch nicht so sehr erfreut zu sein, aber das wunderte mich nicht. Die beiden waren nie besonders gut miteinander ausgekommen. Twilight hatte ihr nicht so recht verziehen, dass Black Wing sie früher, als sie klein war und noch in der Herde lebte, ständig herumkommandiert hatte. Und ich kann bezeugen, dass Twilight es zutiefst hasst, wenn ihr jemand Vorschriften macht.

Schließlich löste sich die Gruppe auf und setzte sich in Bewegung. Ah, darauf hatte ich gewartet! Sekunden später flitzten die Pferde wie silbrig glänzende Schatten über die Wiese, sprangen hierhin und dorthin, verfolgten sich und trafen sich, buckelten übermütig und spielten miteinander. Zwei, drei Mal waren sie nur wenige Meter von uns entfernt, und wir spürten ihre ausgelassene Freude. Zwischen all den großen Pferdeleibern sauste das kleine dunkle Fohlen mit, das ich insgeheim Crescent Moon getauft hatte. Ein tapferes, lebhaftes kleines Wesen, so süß und goldig, dass es uns regelrecht den Atem verschlug.

Eine halbe Stunde lang konnten wir den Wildpferden beim Herumspringen und Spielen zusehen. Schließlich wurden sie müde und begannen friedlich nebeneinander zu grasen. Crescent Moon gesellte sich zu Twilight, ihrer ältere Schwester, und ahmte sie nach, bis sie sich kaum mehr auf ihren Beinchen halten konnte. Als Wind Dancer schließlich nach ihr rief, lief sie dankbar zurück zu ihrer Mutter und trank rasch ein paar Schluck Milch. Dann legte sie sich in das weiche Sommergras und schlief sofort ein.

Kestrel begann herzhaft zu gähnen und steckte mich damit sofort an.

Wir gehen heim, ließ ich Twilight wissen. Obwohl auch sie inzwischen müde geworden war, zog sie vor den anderen Pferden eine kleine Tanzshow ab, damit Kestrel und ich uns unbemerkt in den Wald zurückziehen konnten. Es war witzig, wie sich die Wildpferde über Twilights ulkige Bewegungen und Sprünge amüsierten.

Als wir zu Rusty und Cocoa zurückkamen, schliefen die beiden tief und fest. Rasch weckten wir sie, zurrten die Sattelgurte fest und stiegen in die Sättel. Schlaftrunken machten wir uns auf den Weg nach Hause.

„Kommt Twilight nach?", fragte Kestrel, sobald wir außer Hörweite der Wildpferde waren.

„Ich denke, sie bleibt über Nacht bei ihnen. Aber sag,

war das nicht fantastisch? So nah habe ich sie schon seit Ewigkeiten nicht mehr gesehen!"

„Es war wirklich … unbeschreiblich." Ich konnte die Begeisterung aus Kestrels Stimme hören. „Wie übermütig sie da im Mondlicht herumgehüpft sind und Spaß miteinander hatten! Viele Leute würden wer weiß was dafür geben, das mal mit eigenen Augen zu sehen."

„Ein paar Mal habe ich mir um Crescent Moon fast Sorgen gemacht. Sie ist noch so klein und zerbrechlich."

„Oh, was für ein süßer Name!"

„Na ja, der fiel mir nur so ein. Sie selbst hat sich noch keinen ausgesucht."

„Aber der passt total gut zu ihr! Und ich weiß, was du meinst – ein paar Mal war es ziemlich knapp, und ich hätte ihr um ein Haar zugerufen: ,Pass auf!' Das erinnerte mich irgendwie an …" Kestrel brach ab.

"Was?"

„Genau – das ist es! So kannst du Geld verdienen. Viel Geld!"

„Wie denn? Sag schon!"

„Na, denk doch mal nach! Das Rodeo? Pferde, die wild herumrennen? Hüpfen und springen und lospreschen … das ist doch genau so wie beim …"

„Downhill Mountain Race!"

„Genau!"

Kestrel war ein Genie. Ihre Idee traf genau ins Schwarze! Vielleicht ein bisschen riskant, aber … Rusty schlug mit dem Schweif. Okay, also kein „vielleicht". Es war riskant. Manche würden sagen: halsberecherisch. Es ist ja auch nicht ganz ohne, mit hoher Geschwindigkeit einen Hügel hinab zu galoppieren. Man muss sich dabei zwischen

Bäumen, Sträuchern und Felsbrocken hindurchwinden, Steilstellen und Haarnadelkurven meistern und über reißende Bäche springen. Das alles auf einer Strecke von etwa einem halben Kilometer. Viele Leute würden das als lebensgefährlich bezeichnen, allein wegen des irren Tempos: Die Kandidaten und ihre Pferde brauchen zwanzig Minuten, um den Hügel zu erklimmen, und nur etwa anderthalb Minuten, um ihn wieder hinunterzurasen.

Aber mir war das egal. Es war die perfekte Lösung! Erstens konnte man dabei eine Stange Geld gewinnen. Zweitens hatte ich bereits Mamas Erlaubnis, am Rodeo teilzunehmen. Und drittens würde sie nicht dabei sein, so dass mich niemand davon abhalten konnte. Viertens, und das war für mich der wichtigste Punkt, könnte ich auf diese Weise dazu beitragen, unsere Haushaltskasse aufzubessern, und darauf war ich schon jetzt stolz. Ich fühlte mich einfach gut bei diesem Gedanken.

Und ich wusste, dass ich es schaffen würde, weil ich es ja aus ehrbaren Motiven und ganz selbstlos tat. Ich dachte ja keine Sekunde daran, das Geld für mich zu behalten. Die Macht des Guten würde hinter mir stehen, und schon deshalb würde ich bestimmt gewinnen. Richtig? Richtig!

Kapitel 3

Am Morgen vor dem Rodeo türmten sich dunkle Regenwolken am Horizont. Na super. Ich hatte zwei schwierige Wettbewerbe vor mir, und es würde wahrscheinlich gießen wie aus Eimern und jede Strecke im Umkreis von drei Meilen in eine rutschige Schlammpartie verwandeln. Das war einfach nicht fair! Heute Nacht war der Himmel doch noch ganz klar gewesen, von Sternen übersät, und der Mond hatte freundlich und gutmütig auf uns herabgelächelt.

Ich schälte mich aus dem Bett und tappte ins große Zimmer. Mama war noch nicht auf, aber das war normal – jedenfalls in den letzten paar Monaten. Wehmütig dachte ich an früher zurück. Da hatte sie mir an besonderen Tagen zum Frühstück immer Pfannkuchen gemacht. Das vermisste ich jetzt total, und nicht nur wegen der Pfannkuchen. Es war irgendwie ein vertrautes Ritual gewesen. Mama und ich haben dann immer frühmorgens gemeinsam am Küchentisch gesessen und hatten uns unterhalten. Das fehlte mir noch viel mehr als ihre Pfannkuchen – obwohl die zugegebenermaßen superlecker waren.

Plötzlich flog ihre Schlafzimmertür auf, so heftig, dass

sie gegen die Holzwand knallte. Mama stand im Türrahmen, mit aufgerissenen Augen und zerzausten Haaren, als wäre sie vor zwei Sekunden wie von der Tarantel gestochen aus dem Bett gesprungen und würde nun den wichtigsten Termin ihres Lebens verpassen. „Bist du schon am Aufbrechen?", fragte sie hektisch.

„Ähm ..."

Mama hetzte an den Küchenschrank. „Ich mache dir rasch was zum Frühstück, und dann kannst du los."

„Ähm ..."

„Wie wär's mit etwas Müsli?" Sie holte die Riesendose aus dem Küchenregal, schraubte den Deckel ab und schüttete eine Portion Müsli in eine Schüssel.

„Ich muss erst noch die Pferde versorgen", sagte ich, als sie zum Küchentisch kam, in der einen Hand die Müslischale, in der anderen den Milchkrug. Bevor sie etwas sagen konnte, war ich schon draußen.

Draußen streichelte ich Loonie und Rascal über den Kopf, wie jeden Morgen – aber diesmal in aller Eile für den Fall, dass die wildgewordene Müsli-Frau mir nachkommen würde, samt Milch und Schale. Im Nieselriegen lief ich rasch zum Stall hinüber.

„Komm mit, Rascal!", rief ich, obwohl mir der Kleine ohnehin schon auf den Fersen war. Vielleicht konnte ich ihm ja beibringen zu kommen, wenn ich ihn rief, indem ich ihn immer dann rief, wenn er sowieso schon auf dem Weg zu mir war. Loonie würde nachkommen wenn sie gerufen wurde, aber ich wollte nicht, dass sie sich dazu verpflichtet fühlte, wenn es nicht notwendig war. Sie sollte ihre Energie lieber für ihre Nickerchen aufsparen.

„Braver Junge!", sagte ich abwesend, aber dann vergaß ich den kleinen Kerl für einen Moment. Allmählich machte ich mir ernsthaft Sorgen um meine Mutter. Ihr Verhalten war doch echt nicht mehr ganz normal. Was war bloß mit ihr los? Auf einmal war sie nicht nur erpicht darauf, mir etwas zu essen zu machen, sondern drängte es mir regelrecht auf. War ihr klar geworden, dass sie mich vernachlässigt hatte, und versuchte sie das jetzt mit aller Gewalt wieder gut zu machen?

Mich überkam eine ziemliche Wut. Seit Monaten hatte sie sich kein Bisschen um mich gekümmert! Das konnte ich nicht einfach so vergessen. Ich würde den Teufel tun und ihr verdammtes Müsli essen – auch wenn ich ziemlichen Hunger hatte.

Im Stall ging ich schnurstracks in die Sattelkammer, die gleichzeitig als Futterkammer diente, und maß den Hafer für die Pferde ab. Rusty und Twilight bekamen eine besonders große Portion, weil sie mich zum Rodeo begleiten würden. Vor allem Rusty brauchte viel Energie, mit ihm wollte ich immerhin zwei Rennen bestreiten. Cocoa würde wahrscheinlich den ganzen Tag nur daheim herumstehen, aber ich wollte nicht, dass sie sich vernachlässigt fühlte. Deshalb fiel auch ihre Portion recht großzügig aus.

Als ich die drei Futtereimer ins Freie trug, hatte sich der Himmel etwas aufgeklart und der Regen hatte nachgelassen. Ich rief nach den Pferden. Sie hörten auf zu grasen, hoben die Köpfe und kamen angetrabt. Alle wirkten kerngesund und einfach wunderschön. Ich spürte, wie sich meine Schultern entspannten. Ich atmete tief durch, und mein Groll auf Mama verflog allmählich.

Ich stellte die Eimer auf der anderen Seite des Gatters ab, wobei ich darauf achtete, dass einer davon weit genug von den anderen weg stand. Dann lehnte ich mich über die oberste Zaunlatte und schaute meinen drei Freunden entgegen.

Rusty und Twilight stritten sich nie um etwas, deshalb konnten ihre beiden Eimer nebeneinander stehen. Cocoa hingegen duldete beim Fressen kein anderes Pferd neben sich. Genau wie Twitchy passte sie immer sehr darauf auf, dass ihr nur ja niemand etwas wegfressen konnte. Würde ich zum Beispiel an jedes Ende der Weide einen vollen Futtereimer stellen – einen für Twitchy und einen für Cocoa – dann würden sie sich aus dieser Entfernung die ganze Zeit mit angelegten Ohren und schlagenden Schweifen anstarren nur um sicherzugehen, dass die andere ihr nichts wegnahm.

Aber im Moment wirkte Cocoa ziemlich entspannt. Sie vertraute Rusty voll und ganz. Nicht nur, dass er ihr Futter nicht anrühren würde, sondern dass er auch Twilight davon abhalten würde, sich daran zu vergreifen. Und so mümmelte sie genüsslich vor sich hin, während ihr ab und zu ein paar Körner aus dem Maul fielen.

Plötzlich flitzte ein kleines Fellknäuel unter dem Gatter hindurch.

„Nein!", quietschte ich.

Aber Rascal hörte mich gar nicht, sondern stürmte direkt auf die kleinen Futterbröckchen im Gras zu. Er reagierte erst, als Cocoa mit gebleckten Zähnen und stampfenden Hufen auf ihn losging.

Rascal bekam es sofort mit der Angst zu tun und blieb abrupt stehen. Im nächsten Moment machte er kehrt und sauste zurück in Richtung Gatter. Cocoas Kiefer klappten nur wenige Zentimeter hinter ihm zusammen. Obwohl er nun außerhalb des Gatters und in Sicherheit war, preschte er angstvoll jaulend weiter.

„Rascal!"

Er wurde langsamer.

„Rascal, komm her!"

Das gab es doch nicht! Ich wollte meinen Augen kaum trauen. Rascal blieb wahrhaftig stehen, als ich ihn rief! Er hatte mich gehört. Und er schien mir wirklich zu gehorchen ... Wow!

„Rascal, komm her! Komm sofort her zu mir!"

Und was soll ich sagen – mein süßer Welpe kam zu mir hergerannt! Unglaublich! Endlich hatte er begriffen, dass „Komm her!" so viel bedeutet wie „Komm her" und nicht etwa „Lauf weg" oder „Lauf zu Twilight!" Und auch nicht „Lauf ums Haus und zum See runter und spring rein!". Nein, „Komm" bedeutete nichts anderes als „Lauf zu Evy". Endlich hatte er es kapiert.

Eilig rannte er zu mir, obwohl die böse Cocoa nur wenige Meter entfernt von mir war. Sie stand zwar auf der anderen Seite des Gatters, aber immerhin. Ganz schön mutig von dem kleinen Hund.

Er sprang schwungvoll direkt in meine ausgebreiteten Arme und kuschelte sich an mich. Ich kraulte ihn und lobte ihn überschwänglich: „Braver Junge, Rascal! Du bist ja ein ganz tapferes Kerlchen, was? Hat die böse Cocoa-Wokoa versucht, mein süßes Hundi-Bundi zu beißen? Also so was!"

Okay, okay, ich weiß, dieses Baby-Gequatsche klingt ziemlich bescheuert, aber Rascal liebte es, wenn man so mit ihm sprach. Und ich wollte ihn ja schließlich belohnen, weil er endlich begriffen hatte, was „Komm her" bedeutet, und das auch noch so unerwartet schnell. Fast unheimlich schnell.

Im selben Moment hörte es auf zu regnen, und hinter den Wolken brach strahlend die Sonne hervor.

Ich musste kurz nach Luft schnappen. War das etwa einer von diesen Tagen? Ich meine, es gibt Tage, da geht alles schief, was nur schief gehen kann – und Tage, an denen einfach alles gelingt.

Falls heute so ein Tag war ... würde Twilight womöglich bereitwillig die Zähne auseinander machen, wenn ich ihr heute ein Gebissstück vors Maul halten würde? Oder könnte ich Mama fragen, was sie dermaßen beschäftigte, dass sie dafür unsere Mutter-Tocher-Beziehung aufs Spiel setzte? Würde sie es mir vielleicht geradeheraus sagen? Würden wir danach womöglich zusammen Pfannkuchen essen und dabei reden und lachen wie früher? Und vielleicht – vielleicht! – würde Rusty heute nicht nur das Downhill Mountain Race und das Barrel Race gewinnen, sondern auch das Stakes Race?

Na ja, das wäre jetzt vielleicht ein bisschen viel verlangt. Nie und nimmer würde sich Twitchy beim Stakes Race schlagen lassen.

Aber Schluss mit den Tagträumereien! Ich musste mich fürs Rodeo fertig machen.

Rascal warf mir herzzerreißende Blicke zu, während ich ihn zum Haus zurücktrug und dabei weiter beruhigend und zärtlich auf ihn einsprach.

Als ich mich dem Haus näherte, verlangsamten sich meine Schritte. Hatte sich Mama wieder zurückgezogen oder wartete sie immer noch auf mich, bewaffnet mit Müslischale und Milchkrug? Bis jetzt hatte ich ja gedacht, das

Downhill Mountain Race wäre das Anstrengendste, das mir heute bevorstand ...

Vielleicht konnte ich ja einfach so, wie ich war, zum Rodeo gehen. Reiten kann man auch im Pyjama und mit ungeputzten Zähnen. Allerdings befand sich mein Geldbeutel im Haus, und für die Anmeldung zu den Wettbewerben brauchte ich Geld. Es half nichts, ich musste tapfer sein.

Ich setzte Rascal auf der Veranda neben Loonies Körbchen ab und musste grinsen, als er sich sofort Trost suchend an sie kuschelte. Kleiner Weichling. Dann öffnete ich so lautlos ich konnte die Tür und spähte ins Haus.

Mama stand mit dem Rücken zu mir vor dem Holzofen. Sehr gut ... jetzt musste ich es nur noch schaffen, mich unbemerkt in mein Zimmer zu schleichen. Auf Zehenspitzen trat ich ins Haus und drehte mich dann leise um, um die Tür zu schließen. Rascal und Loonie schauten zu, wie der Türspalt schmaler und schmaler wurde ...

In dem Moment begann Rascal kläglich zu winseln.

Oh nein!

Ich wirbelte herum. Mama sah mich an.

„Na, vielen Dank auch", knurrte ich leise zwischen zusammengebissenen Zähnen.

„Es tut mir leid, Evy", sagte Mama. Und zum ersten Mal seit Monaten klang ihre Stimme ganz normal, weder schrill noch hektisch, sondern so, wie ich sie von meiner Mutter kannte. „Ich wollte dich vorhin nicht unter Druck setzen," fügte sie hinzu.

Ich traute der Sache noch nicht und eilte wortlos in mein Zimmer. „Ich muss mich anziehen. Und dann muss ich sofort los."

„Aber ich mach' gerade Pfannkuchen."

Ich blieb stehen und wollte meinen Ohren nicht trauen. „Wie?"

„Ich dachte, wir haben uns was Schönes verdient und deshalb habe ich Pfannkuchenteig gemacht."

Mein Gesicht verzog sich unwillkürlich zu einem breiten Lächeln. Ich war sprachlos. Während ich im Stall gewesen war, um die Pferde zu versorgen, hatte Mama Holz geholt, Feuer gemacht und Teig angerührt. Mehr als Teig. Sie mischte nämlich immer noch Apfelstückchen darunter, und wenn ich Glück hatte, sogar getrocknete Aprikosen und Preiselbeeren. „Echt?"

Mama lächelte. „Ja. War höchste Zeit, dass ich mal wieder Pfannkuchen backe."

Ich lächelte zurück und meine Wut zerschmolz wie Butter in der Sonne.

„Danke, Mama. Das ist toll." Einfach Wahnsinn.

Mama drehte sich wieder zum Ofen um, den Pfannenwender in der Hand. „Na, ich weiß doch, dass du heute einen anstrengenden Tag vor dir hast."

Ich schwebte vor Glück wie auf Wolken, als ich in mein Zimmer ging. Mama verhielt sich wieder normal! Sie redete mit mir, als läge ich ihr tatsächlich am Herzen. Und sie machte Pfannkuchen für mich. Heute war anscheinend wirklich mein Glückstag! Das Stakes Race würde ich jetzt bestimmt auch noch gewinnen, Twitchy hin oder her.

Ein paar Minuten später saßen Mama und ich gemeinsam am Küchentisch. Auf meinem Teller lag ein riesiger duftender Pfannkuchen. Ich schnitt ein Stückchen ab und schob es mir in den Mund. Hmmm, lecker! Mit all den Fruchtstückchen und dem Zimt darin brauchte man überhaupt keinen Zucker.

Als ich etwas später aufstand, umarmte mich Mama, drückte mich ganz fest und wünschte mir viel Glück fürs Rodeo. Sie wirkte auf einmal so liebevoll und unbeschwert, gar nicht mehr gequält von irgendwelchen Geheimnissen oder Sorgen.

„Warum kommst du denn nicht mit, Mama?", fragte ich plötzlich wie aus einer Eingebung heraus. Im selben Moment hätte ich mir die Zunge abbeißen können. Falls sie mich wirklich begleitete, hätte ich nicht die geringste Chance, mich fürs Downhill Mountain Race anzumelden. Aber wenn ich dafür mit meiner Mutter einen schönen Tag verbringen konnte, wäre es das vielleicht sogar wert. Solche Preisrennen gibt es ja immer wieder mal.

Ihr Lächeln verschwand, und ihre Miene verdunkelte sich. „Das geht nicht, Liebes. Heute nicht."

Ich nickte und versuchte, meine Enttäuschung hinunter zu schlucken. Natürlich würde sie nicht mitkommen. Es war total idiotisch, daran auch nur zu denken. Eine Rodeoveranstaltung bedeutete ja, dass viele Menschen dort sein würden.

Sie wünschte mir noch einmal viel Glück, beugte sich vor und drückte mir einen Kuss auf die Stirn. Dann gab sie mir meine Regenjacke, falls es noch anfangen sollte zu regnen, und drückte mir etwas Geld in die Hand, damit ich mir mittags etwas zu Essen kaufen konnte. Und ehe ich mich versah, fiel die Tür hinter mir ins Schloss.

Ein paar Minuten später ritt ich auf Rusty aus dem Hof, immer noch leicht benommen. Twilight sprang aufgeregt um uns herum, wie ein wildgewordener Basketball in Pferdeform.

Als wir die Ranch von Kestrels Eltern erreichten, wartete

meine Freundin bereits ungeduldig auf mich. Nachdem ich kurz ihre Mutter begrüßt hatte, ritten wir gleich weiter. Wir waren ziemlich aufgeregt, schließlich hatten wir einen ganzen Tag voller Spaß und Abenteuer vor uns!

Flucht! Weglaufen!

Die Gefühle waren nicht viel mehr als ein zartes Wispern.

Ich hielt Rusty an, schaltete meinen Pferderadar ein und lauschte angestrengt. Als erstes nahm ich Kontakt mit den Pferden von Kestrels Eltern auf, die auf der Weide neben der Ranch grasten. Weit vor uns auf der Straße machte ich drei weitere Pferde aus. Wahrscheinlich waren sie mit ihren Reitern ebenfalls auf dem Weg zum Rodeo, jedenfalls kannte ich sie nicht. Auch Cocoa ging es gut.

Moment mal. Cocoa ...?

Aber das war unmöglich. Kestrels Ranch befand sich doch kilometerweit von unserem Haus entfernt, weit außerhalb der Reichweite meines Pferderadars.

„Was ist denn los?"

„Nichts."

Hörte ich jetzt schon Stimmen, die es gar nicht gab? Cocoa. Leises angstvolles Gewisper, von dem jetzt allerdings nicht mehr das Geringste zu hören war. Dieses Wechselbad der Gefühle mit Mama – in einen Moment war sie normal und ansprechbar, im nächsten Moment tauchte sie wieder ab – hatte mich anscheinend etwas aus dem Gleichgewicht gebracht

„Und warum hast du angehalten?", fragte Kestrel.

„Hatte keinen besonderen Grund", gab ich zurück und ließ Rusty weiterlaufen.

Kestrel hob zweifelnd eine Augenbraue.

„Übrigens, heute ist mein Glückstag", verkündete ich. „Deine Siegerkrone beim Stakes Race könnte in Gefahr sein."

Kestrel lachte und vergaß darüber, weiter nachzubohren, warum ich so plötzlich angehalten hatte. Über das Rodeo zu reden machte schließlich auch weitaus mehr Spaß.

Als wir schon fast in der Stadt waren, teilte ich Twilight mit, dass ich ihr nun Halfter und Führstrick anlegen musste, so wie wir es ausgemacht hatten. Grundsätzlich galt: Wenn ich irgendwo hin wollte, musste sie sich beides ohne Murren anlegen lassen. Wenn sie sich weigerte, durfte sie nicht mit. Ich war froh, als sie sich damit einverstanden erklärt hatte. Schade war nur, dass sie nach wie vor kein Gebissstück akzeptierte.

Immerhin hielt Twilight ihr Versprechen und ließ sich widerstandslos ein Halfter anlegen. Ich klinkte den Führstrick ein und wickelte das andere Ende um meinen Sattelknauf. Dann ließ ich Rusty und Twilight wissen, dass ich den Gedankenkontakt zu ihnen unterbrechen musste, solange wir uns in der Stadt befanden. Ich konnte die beiden ohnehin kaum mehr verstehen, in den Gefühlen der vielen anderen Pferde ringsherum gingen ihre Gedanken und Empfindungen ziemlich unter. Also schaltete ich meine Pferdeantennen vorübergehend aus.

Dass das überhaupt möglich war und wie das ging, hatte ich zum Glück vor ein paar Jahren gelernt – dank Twilight. Das Abschalten ist besonders nützlich in Situationen, in denen so viele Pferde um mich herum sind, dass mir andernfalls ständig der Kopf schwirren würde. Bevor ich von dem Trick gewusst hatte, hatte ich jede Empfindung und jede Stimmung, die ein Pferd in einem bestimmten

Umkreis hatte, gnadenlos mitbekommen und am eigenen Leibe gespürt. Deshalb war ich geistig oft vollkommen abwesend gewesen und hatte mich wie ein Zombie verhalten, wenn ich gleichzeitig mit anderen Menschen zusammen war oder sie mit mir sprachen. Leider halten die meisten Leute beiläufige Kommentare wie „uh" und „äh, ja ..." nicht für eine gelungene Konversation. Aber seit ich gelernt hatte, die Gefühle von Pferden mental zu blockieren, wurde ich für meine Mitmenschen wieder eine einigermaßen passable Gesprächspartnerin. Jedenfalls war mein Verhalten nicht mehr ganz so auffällig.

Kestrel grüßte ein paar Leute, denen wir begegneten, und ich war froh, dass ich dieses Jahr auch schon ein paar Gesichter kannte. Da drüben stand Charlie, der Wildhüter, neben seinem prachtvollen Hengst Redwing. Charlie unterhielt sich gerade mit Troy, den ich ebenfalls kannte. Als wir an den beiden vorbeiritten, nickte mir Charlie zu, und ich winkte kurz zurück. Twilight trat in seine Richtung, obwohl ich wusste, dass sie Charlie mochte, und Redwing erst recht. Wahrscheinlich trat sie genau deshalb – um Aufmerksamkeit zu erregen. War wohl ihre Art zu sagen: „Hey, schaut her! Bin ich nicht superattraktiv?"

Und dann entdeckte ich Jon. Er kam auf einem großen Rotschimmel auf uns zugeritten, dessen Mähne die gleiche Farbe hatte wie Jons flatternde Haare. Ich seufzte. Hinreißend.

Das Pferd, meine ich.

„Ist das ein neues Pferd, Jon?", fragte Kestrel, während ich noch mühsam versuchte, einen klaren Gedanken zu fassen.

„Hi, Kestrel! Hi, Evy! Ja, das ist Cleo. Meine Mutter

wollte heute Cole reiten." Cole war ein pechschwarzer Wallach.

„Cleo. Cole. Lustig. Sind die gleichen Buchstaben", stellte ich fest. Mann, was für eine idiotische Aussage.

Aber Jon schien das gar nicht zu finden. Er lächelte. „Hey, stimmt! Cool."

„Vielleicht kannst du ja dann dein nächstes Pferd Celo nennen? Oder Olec?", schlug Kestrel vor.

Jon beugte sich über seinen Sattelknauf und schaute mich mit seinen unsagbar blauen Augen direkt an. „Machst du dieses Jahr auch beim Barrel Race mit, Evy?", fragte er. Seine Stimme klang interessiert und ganz ungezwungen.

Ich nickte nur.

Jon grinste. „Na ja, dann hast du dieses Mal echt Konkurrenz. Cleo ist verdammt schnell."

„Nur zu, Angeber", grinste ich und fühlte mich gleich besser. Beiläufiger Smalltalk fällt mir schwer, aber spöttische Bemerkungen liegen mir ganz gut.

„Und wie sieht's mit dem Stake Race aus?", fragte Kestrel geradeheraus. „Bist du da auch scharf auf Konkurrenz?"

„Darauf kannst du wetten!", konterte Jon sofort.

„Und wie steht's mit dem Downhill Mountain Race?", fragte ich und kam mir dabei sehr kühn vor.

Jon richtete sich auf. „Du machst Witze, oder?"

„Nö, eigentlich nicht."

„Aber dieses Rennen ist lebensgef..." Er brach ab, wahrscheinlich weil er vor zwei Mädchen nicht wie ein Feigling erscheinen wollte. Oder womöglich vor dem Mädchen, das ihm besonders gefiel? Ich konnte es nur hoffen.

„Ja, ist schon eine spannende Sache", sagte ich und ignorierte dabei absichtlich, was er hatte sagen wollen. „Rusty wird das sicher super hinkriegen."

Jon nickte. „Na, dann meld dich jetzt mal lieber an. Ich glaube, das Rennen startet in weniger als einer Stunde."

„Okay, los!", sagte Kestrel.

Wir lenkten unsere Pferde zurück auf die Straße. Ich schaute über die Schulter zu Jon zurück. Er sah uns immer noch nach. „Hey, magst du mitkommen?", rief ich und dachte keine Sekunde daran, wie ich mich wohl fühlen würde, wenn er ablehnte.

„Klar, gern", rief er zurück.

Yeah! Das war der Beweis: Heute war mein absoluter Glückstag.

Oder dachte ich jedenfalls, bis ich etwa eine Stunde später mit Rusty neben Kestrel und Jon stand und mir unsere Mitbewerber ansah. Oh je ... die Pferde waren alle viel größer als Rusty, die Reiter viel älter als ich, und alle zusammen führten sich auf wie eine laute, polternde Horde. Die Pferde sprangen aufgeregt herum, angespannt und nervös bis zum Anschlag. Die Reiter lachten und brüllten und warfen sich gegenseitig spöttische Bemerkungen an den Kopf. Es herrschte das pure Chaos, und die Atmosphäre war aggressionsgeladen wie vor einem Boxkampf.

„Auf die Startlinie!", schrie jemand und wedelte mit der Startpistole in der Luft.

„Na komm, mein Junge", sagte ich zu Rusty. „Bringen wir's hinter uns."

Ein Pferd rempelte uns von hinten unsanft an, und als ich mich erzürnt umdrehe, sah ich einen Typen, der mit der Gerte auf sein Pferd eindrosch. Man brauchte keine

Pferdegedanken lesen zu können um zu sehen, wie sich der große Braune fühlte – ein Bündel aus Angst, Schmerz und Verzweiflung. „Was tun Sie denn da mit dem armen Pferd?"

Der Mann warf mir einen finsteren Blick zu und riss dann am Zügel, um sein Pferd wegzulenken. Immerhin schlug er mit seiner Gerte nun nicht mehr ganz so heftig zu. Anscheinend hatte der Braune keine Lust auf dieses halsbrecherische Abwärtsrennen und weigerte sich, an die Startlinie zu gehen. Sein Reiter kapierte wohl einfach nicht, was sein Pferd ihm damit mitteilen wollte. Sollte ich dem Typen sagen, dass es außer der Peitsche noch andere Möglichkeiten gab, um ein Pferd dazu zu bringen, dass es einem gehorchte? Aber dann hielt ich lieber den Mund, denn schließlich brachte ich es ja nicht mal fertig, dass sich Twilight von mir ein Gebissstück anlegen ließ.

Dann sah ich, wie Charlie auf Redwing angetrabt kam, und atmete erleichtert auf. Gut, dass er mit dabei war.

Rusty und ich warteten geduldig, bis all die aufgeputschten Reiter und Reiterinnen und ihre zappeligen Pferde auf der Startlinie standen. Als letzter quetschte sich der arme geschundene Braune zwischen uns und eine Rappstute. Er keuchte, als wäre er gerade ein oder zwei Rennen gelaufen, und sein Reiter sah ebenfalls schon total fertig aus.

„Na, was machst du denn hier, Kleine?", pöbelte er mich an. Aha, so erschöpft war er also nicht, dass er nicht noch unhöflich sein konnte. „Hast du oder dein kleines Pony hier irgendwas verloren?"

„Nein", erwiderte ich. „Wir wollen nur das Rennen gewinnen."

Er lachte spöttisch auf.

„Auf die Plätze ... fertig ..." Die Startpistole wurde hoch in die Luft gehalten.

Ich warf einen raschen Blick zu Jon und Kestrel hinüber, die unter den Zuschauern standen. Ihre Gesichter waren vor Angst wie versteinert, oder jedenfalls kam es mir so vor. Twilight tänzelte neben ihnen auf der Stelle. Hätte ich sie hören können, hätte sie garantiert darum gebettelt, mitlaufen zu dürfen. Und ich wünschte, das wäre möglich gewesen.

Dann beugte ich mich über Rustys Hals. Vor uns erstreckte sich die Rennstrecke: eine morastige Wiese voller Hindernisse und Unebenheiten mit einem weißen Fähnchen am anderen Ende. Aber das war noch nicht die Ziellinie, o nein! Die Fähnchen zeigten uns nur den Weg. Zuerst ging es über sumpfiges Gelände, dann durch ein Waldstück, in dem die Bäume ziemlich dicht beieinander standen, und anschließend einen steilen Abhang hinunter, übersät mit Büschen und Felsen. Danach kam ein steinig-holpriger Pfad und ein Fluss, und zum Schluss – falls Ross und Reiter bis dahin überhaupt mitgehalten hatten – ging es über eine flache Ebene hinüber zum Rodeoplatz und zur Ziellinie.

Puh. Was hatte ich mir bloß dabei gedacht? Dieses Rennen hier war echt lebensgefährlich.

Peng! Das war die Startpistole.

Rusty preschte vorwärts. Der Typ auf dem großen Braunen riss an seinem linken Zügel, und sein Pferd rempelte uns voll an. Um ein Haar hätte es mich aus dem Sattel gehauen, aber mein wundervoller Rusty merkte sofort, dass ich mit dem Gleichgewicht kämpfte, und wurde für einen Moment langsamer. Hinter uns kreischte jemand:

„Zur Seite!" Und dann packte mich die Entschlossenheit. Schließlich machte ich das hier mit, weil ich das Preisgeld gewinnen wollte. Ich musste einfach gewinnen! Wegen diesem dämlichen Idioten hinter mir würde ich nicht auf den Sieg verzichten!

Ich setzte mich im Sattel zurecht. *Also dann los!*

Rusty antwortete mit einem kraftvollen *Jaaa!* Anscheinend hatte ich kurz vergessen, meinen Pferderadar ausgeschaltet zu lassen, aber seine absolute Entschlossenheit tat mir gut. Im nächsten Moment preschten wir an der schwarzen Stute vorbei. Sie hielt den Schweif hoch erhoben, war aber nicht besonders schnell.

Dann schoss Rusty wie ein grausilberner Pfeil an einem kleinen hellbraunen Wallach vorbei und kurz danach an einem langbeinigen Pinto.

Aber dann schob sich der große Braune vor uns. Der Bursche war ein echtes Muskelpaket. Seine Hufe wühlten den Boden auf, und rechts und links schossen die Lehmbrocken nur so durch die Luft. Rusty versuchte ihn mehrmals zu überholen, bis wir schließlich über und über mit kleinen braunen Spritzern übersät waren. Jedes Mal, wenn Rusty einen neuen Überholversuch startete, manövrierte sich der Braune direkt vor seine Nase – zweifellos auf Betreiben seines Reiters, der sich offenbar einen Spaß daraus machte, uns zu behindern. Ich hatte trotz allem Mitleid mit dem Pferd, denn es konnte ja nichts dafür, dass sein Reiter ein ausgemachter Idiot war.

Da ich es offenbar nicht schaffte, ihn loszuwerden, ergriff Rusty selbst die Initiative und setzte sich genau hinter den Braunen. Er war gerade drauf und dran, ihn kräftig in den Hintern zu zwicken, als die Pferde vor uns auf einmal alle langsamer wurden. Wir hatten fast das Wäldchen erreicht.

Das war unsere Chance! Anstatt hinter den anderen Pferden her zu laufen oder zu versuchen, uns auf dem engen Pfad an ihnen vorbeizuquetschen, lenkte ich Rusty direkt in den Wald hinein. Ich wusste, dass er ein As war wenn es darum ging, sich zwischen Bäumen und Sträuchern hindurch zu fädeln.

Mit traumwandlerischer Sicherheit lief er zwischen den Stämmen hindurch, sprang über Baumstümpfe und brach durch das Dickicht wie ein Berserker. Ich wagte keinen Moment lang, nach rechts oder links zu schauen um zu sehen, wie sich unsere Konkurrenten schlugen. Stattdessen konzentrierte ich mich voll darauf, im Sattel zu bleiben, mich vor peitschenden Zweigen zu ducken und mein Körpergewicht vor jedem Sprung über ein Hindernis entsprechend zu verlagern, damit Rusty nicht an Tempo verlor. Dann ließen wir den Wald hinter uns und befanden uns auf einmal wieder unter freiem Himmel. Vor uns lag der Steilhang.

Rusty zögerte keinen Moment. Es ging abwärts – halb schlitternd, halb springend, um Felsen und Bäume herum. Geschickt hielt er seine vier Hufe beisammen, während es immer weiter nach unten ging. Und weiter und weiter. Der Abhang schien kein Ende zu nehmen.

Schließlich ereichten wir den steinigen Pfad, und vor uns befand sich nur noch ein einziger Reiter. Er saß auf einer mächtigen Fuchsstute mit den längsten Beinen, die ich je bei einem Pferd gesehen hatte.

Jetzt, wo er keine Hindernisse mehr bezwingen musste, lief Rusty zu seiner vollen Form auf. In gestrecktem

Galopp preschte er vorwärts, und das Hinterteil der Stute kam näher und näher.

Dann sah ich vor uns auf dem Pfad einen weißen Punkt.

„Nein!", schrie ich Rusty zu.

Aber er reagierte nicht. Er konnte den weißen Punkt nicht sehen, weil die große Stute ihn verdeckte und wahrscheinlich wunderte er sich, warum ich ihn weiter antrieb, obwohl er ihr schon so dicht auf den Fersen war. Mir blieb nur eines übrig: Ich musste geistig Verbindung mit Rusty aufnehmen. Nur für einen kurzen Moment, damit ich ihn über den weißen Punkt vor uns informieren konnte ...

Der Boden bebt unter meinen Hufen, merkwürdige Dinge flitzen an mir vorbei. Überall Menschengeruch – wirklich überall. Ich muss hier fort! Ich muss fliehen!

Ein namenloses Angstgefühl überfiel mich. Unter Aufbietung aller Kräfte versuchte ich, die intensiven Pferdeempfindungen zurückzudrängen. Als ich die Augen wieder öffnete, lief die rotbraune Stute ein ganzes Stück entfernt vor uns, und der weiße Punkt, der sich als großer Stein entpuppte, lag längst hinter uns.

Während Rusty weitergaloppierte wandte er kurz den Kopf zu mir, und ich sah seinen besorgten Blick.

Was – oder besser: wen – hatte ich da gerade gehört?

Egal. Tatsache war, dass irgendwo Pferde meine Hilfe brauchten. Und zwar dringend.

Plötzlich schien mir das Wettrennen gar nicht mehr so wichtig. Mit neuen Kräften packte ich Rustys Mähne und rief: „Lauf zu!"

Das tat er. Und wie! Innerhalb von wenigen Sekunden hatten wir die Fuchsstute wieder eingeholt, und im nächs-

ten Moment stürzten wir uns in den reißenden Fluss. Wasser spritzte auf, die Stute stieß gegen einen Felsen und geriet ins Straucheln. Geschmeidig wand sich Rusty um sie herum und preschte weiter vorwärts.

Am anderen Flussufer angekommen, kraxelten wir die sumpfige Böschung hinauf und jagten kurz darauf auf ebenem Gelände in gestrecktem Galopp in Richtung des Rodeoplatzes. Das Johlen der Zuschauer wurde zunehmend lauter, und plötzlich befanden wir uns in der Arena. Die Ziellinie kam immer näher, und das Geschrei und das Geklatsche erreichten ihren Höhepunkt.

Wir überquerten die Ziellinie! Wir hatten gewonnen!

Immer noch in vollem Tempo vollführte Rusty einen großen Kreis und steuerte dann zurück zum Eingang. Das Gejohle verebbte etwas, wahrscheinlich wunderten sich die Zuschauer, was um alles in der Welt ich wohl vorhatte. Während wir durch die beiden Gatter wieder aus der Arena hinausschossen, kamen wir an der Fuchsstute vorbei, die gerade hereingaloppiert kam. Der Ausdruck sprachloser Überraschung auf dem Gesicht ihrer Reiterin war unbezahlbar! Ich konnte genau sehen, dass sie sich verzweifelt fragte, ob sie da etwas verpasst hatte und dieses Rennen womöglich noch nicht an der Ziellinie endete ...

Nach und nach verhallte das Geschrei der Zuschauer hinter uns, und schließlich hörte ich nur noch Rustys Hufgetrappel, während er unbeirrt in die Richtung galoppierte, aus der ich die verzweifelten Hilferufe vernommen hatte. Ich beugte mich über seinen Hals, die Hände in seiner Mähne festgekrallt, und hoffte inständig, dass es nicht zu spät war ... dass ich die Pferde würde retten können, vor was und vor wem auch immer.

Kapitel 4

Sobald der Rodeoplatz weit genug hinter uns lag, so dass die Empfindungen der vielen Pferde nicht länger meinen Verstand blockierten, ließ ich Rusty etwas langsamer gehen. Als wir einen unbefestigten Waldweg entlang trabten, schaltete ich meinen Pferderadar ein und wartete auf die Gefühle, die mich vorhin fast überwältigt hatten.

Da waren sie wieder. Immer noch Angst und verzweifelte Fluchtgedanken, aber nicht mehr so intensiv wie vorhin. Offenbar waren wir nun weiter von ihnen entfernt.

Jetzt begriff ich, was sie gemeint hatten mit „Merkwürdige Dinge flitzen an mir vorbei". Sie befanden sich in einem Fahrzeug, wahrscheinlich in einem großen Laster mit offener Ladefläche. Diese Empfindung war jetzt allerdings verschwunden, also hatte das Fahrzeug wohl angehalten. Mit etwas Glück würden wir es einholen, bevor es die Wildpferde noch weiter weg transportierte.

Hörst du mich? Hörst du mich? Das war Twilight.
Ja, ich höre dich.
Ich bin schon auf dem Weg!

Okay, ich warte. War ich froh, sie zu hören! Die Verbindung mit meiner meine kleinen Stute hatte mir echt gefehlt. Ich war erleichtert zu wissen, das sie bald bei mir sein würde, und ich spürte, dass es ihr genauso ging.

Auch Twitchy war unterwegs, und dann noch ein anderes Pferd, das ich nicht identifizieren konnte. Cleo? Da ich bei unserer ersten Begegnung keine Verbindung mit ihr aufgenommen hatte, würde ich sie jetzt nicht erkennen. Und da war auch Cocoa ...

Genug! Nicht schon wieder so eine Halluzination. Cocoa war doch daheim, weit weg von hier – oder?

Plötzlich straffte ich heftig die Zügel, und Rusty blieb stehen. Cocoa war nicht daheim. Sie stand direkt vor mir und döste angebunden an einen Baum vor einem Haus, das weiter vorne stand. In der Einfahrt daneben parkte ein schwarzes Cabrio.

War Mama etwa in der Stadt?

Als ich hinter mir Hufe klackern hörte, drehte ich mich um. Jon und Kestrel kamen auf uns zu galoppiert. Vor ihnen lief Twilight mit hoch erhobenem Kopf, flatternder Mähne und wehendem Schweif, wie ein goldenes Leuchtfeuer. Kestrel hatte ihr das Halfter abgenommen, damit sie uns besser finden konnte. Ich atmete erleichtert auf und war sehr froh, sie alle zu sehen.

„Was um alles in der Welt machst du denn hier, Evy?", rief Kestrel mir entgegen, als sie und Jon in Hörweite waren. Sekunden später brachten beide ihre Pferde neben uns zum Stehen.

„Wir müssen uns beeilen!", sagte ich nur. „Ich erklär's euch unterwegs." Der Sache mit Mama würde ich später nachgehen – im Moment kam es darauf an, die Pferde zu finden, bevor der Laster weiterfuhr, auf dem sie sich befanden.

Als wir an dem Baum vorbei ritten, an dem Cocoa angebunden war, klappte Kestrel der Unterkiefer herunter. Sie sah mich fragend an, aber ich schüttelte nur den Kopf. Keine Zeit, darüber zu reden.

„Ich habe ein paar Pferde gehört ... ich glaube, sie brauchen ganz dringend Hilfe!", erklärte ich, als wir ein Stück weiter getrabt waren.

„Du hast die hier gehört, aus so weiter Ferne?", fragte Jon ungläubig.

„Nein, sie waren in einem Laster. Ich reite ihnen nur nach." Mein Schädel schwirrte, als ich versuchte, Jon eine plausible Erklärung zu liefern. Er wusste ja nichts von meiner besonderen Gabe, und dabei wollte ich es eigentlich auch belassen.

„Ist der Laster an dir vorbeigefahren?"

„Gewissermaßen."

„Aber entlang der Rennstrecke verläuft doch gar keine Straße ..."

„Sie sind am Rodeoplatz vorbeigefahren."

„Wie – du hast Pferde vom anderen Ende des Rodeoplatzes aus wiehern gehört, als du über die Ziellinie geritten bist?!"

Mist, das würde anscheinend komplizierter werden, als ich gedacht hatte.

„Ich habe ein Überschallgehör", sagte ich. Rusty buckelte kurz, so dass ich fast das Gleichgewicht verlor. Er hatte wohl mitbekommen, dass ich ein wenig flunkerte. *Sorry.*

„Und aus dem leisen Wiehern hast du heraushören können, dass sie in Bedrängnis sind?", bohrte Jon skeptisch weiter.

„Ähm ..." Was konnte ich darauf antworten, ohne Rusty zu verärgern oder mein Geheimnis preiszugeben?

„Ich wette, das waren Wildpferde", mischte sich Kestrel dann zum Glück ein. „Du musst wissen, Evy kennt jedes einzelne Wildpferd hier in dieser Gegend. Wahrscheinlich hast du sie gleich an ihrem Wiehern erkannt – stimmt's, Evy?"

Ich hätte sie vor Dankbarkeit umarmen können. Stattdessen nickte ich nur. „Genau, es waren Wildpferde. Obwohl die hier geschützt sind, hat sie wahrscheinlich jemand eingefangen, um sie ... ihr wisst schon."

„Ja", sagten Jon und Kestrel wie aus einem Mund. Wir alle wussten, was das hieß. Manchmal fingen die Leute Wildpferde ein und trainierten sie – aber nie mehr als ein oder zwei. Ein ganzer Laster voller Pferde bedeutete dagegen, dass jemand gleich mehrere Herden eingefangen hatte, um sie an einen Schlachthof zu verkaufen.

Zwischendurch nahm ich kurz wieder Kontakt mit den Pferden auf. Ja, wir kamen ihnen schon näher. Wenn wir noch ein paar Minuten in diesem Tempo weiter ritten, würden wir sie erreicht haben. Rusty wäre bestimmt dankbar für eine Verschnaufpause. Der arme Kerl hatte immerhin gerade ein anstrengendes Rennen gewonnen!

Kurz darauf bogen wir um eine Ecke und sahen vor uns ein Gatter, das an einem schlammigen Weg entlang verlief. In einiger Entfernung erkannten wir zwei Pfosten mit Lampen obendrauf. Ranchtore. Wir ließen unsere Pferde im Schritt gehen und lenkten sie dann zwischen die Bäume am Wegrand. Jetzt mussten wir uns erst einmal verstecken, die Lage sondieren und einen Plan machen. Viel Zeit dazu hatten wir nicht.

„Wirst du Twilight wieder das Halfter anlegen?", fragte Kestrel, nachdem sie und Jon ihre Pferde angebunden hatten.

„Nein, wahrscheinlich brauchen wir ihre Hilfe ... und vielleicht auch die von Rusty", erwiderte ich. Ich warf Jon verstohlen einen Blick zu und sah, dass er ziemlich verwirrt dreinschaute. „Sie kommen, wenn ich sie rufe", erklärte ich ihm. Was ja stimmte. Dass ich sie telepathisch rief, brauchte ich ihm ja nicht zu sagen.

Jon nickte. „Also, was tun wir?"

„Erstmal heranschleichen und schauen, was da los ist", schlug Kestrel vor.

„Und dann befreien wir die Wildpferde", fügte ich hinzu.

„Ja." Jon nickte. „Aber wie?"

„Das überlegen wir uns, wenn es so weit ist", sagte ich. Anscheinend hatte Jon noch nicht viel Erfahrung mit Herumschnüffeln und Auskundschaften gesammelt. Während Kestrel und ich darin zum Glück wahre Meister waren.

Ich bat Rusty und Twilight, sich im Hintergrund zu halten, bis wir einen Überblick über die Lage hatten. Dann krochen Jon, Kestrel und ich durch das Dickicht, bis wir einen Gatterpfosten erreicht hatten. Ein paar Meter vom Gatter entfernt befand sich eine Blockhütte, die den Blick auf den Ranchhof versperrte. Die Fenster der Blockhütte waren verdreckt und voller Spinnweben – igitt! Andererseits war das wahrscheinlich ganz nützlich, denn sollte jemand da drin sein und aus dem Fenster schauen, konnte er so gut wie nichts erkennen.

Als Kestrel uns kurz zunickte, robbten wir unter dem Gatter hindurch, rannten geduckt zu der Hütte hinüber und pressten uns an die Holzbalken. Jon stand noch zwischen den Bäumen und hob die Arme, als wollte er fragen, was zum Teufel wir eigentlich vorhatten.

Ich hielt eine Hand hoch, mit der Handfläche nach außen. Er schaute verdutzt. Vielleicht hätten wir vorher unsere stummen Signalzeichen durchgehen sollen. Aber was konnte eine erhobene Handfläche wohl anders bedeuten als „Warte" oder „Stopp"?

Kestrel und ich huschten lautlos um die Blockhütte herum. Wir duckten uns unter einem der schmutzigen Seitenfenster und schlichen dann weiter zur Vorderseite. Auf dem Hof parkte ein riesiger Lastwagen. Daneben befand sich ein umzäunter Pferch, auf dem sich fünf oder sechs verängstigte Wildpferde drängten. Hinter ihnen befand sich ein hohes Stallgebäude, das sogar noch verfallener wirkte als die Blockhütte. Im Dach klaffte ein riesiges Loch, durch das es hereinregnen konnte.

Plötzlich kam Bewegung in den Pferch. Noch mehr Wildpferde? Wahrscheinlich ... Wie viele hatten diese Typen wohl schon eingefangen? Charlie wusste anscheinend noch nichts davon. Er war für den Schutz der Wildpferde in dieser Gegend verantwortlich, und wenn er mitbekommen hätte, dass diese Typen sich an ihnen vergriffen, hätte er vor Wut genauso geschäumt wie ich und schon längst etwas unternommen.

Ich versuchte, einen klaren Gedanken zu fassen, während sich die Panik und Erregung der Pferde auf mich übertrug. Wir brauchten unbedingt einen Plan. Ich gab Kestrel ein Zeichen, dass sie bleiben sollte, wo sie war. Wir brauchten ja nicht beide zu riskieren, erwischt zu werden. Ich schlich mich weiter vor, bis ich einen genaueren Blick auf den Lastwagen und die Wildpferde werfen konnte.

Mir blieb fast das Herz stehen. Ich erkannte einen Braunen, ein paar Füchse, eine Rappstute und einen braun gescheckten Pinto. Bis auf den Rappen sah es so aus, als handelte es sich bei den Pferden auf dem Laster um die Herde von Dancing Coyote. Vielleicht hatte er eine neue Stute aufgenommen, seit ich seine Herde das letzte Mal gesehen hatte. Der Pinto war Cricket, da war ich mir ganz sicher. Ihre Tochter, ein hübsches kleines erdfarbenes Pintofohlen, hielt sich wahrscheinlich gerade hinter ihr versteckt. Und bei der Fuchsstute mit den wild rollenden Augen, die aussah, als würde sie sich am liebsten in Luft auflösen oder jemanden in der Luft zerreißen, konnte es sich nur um Wildfire handeln.

Ich hatte diese Pferde alle letzten Sommer kennengelernt, als Wildfire und Cricket noch zahm waren. Wildfire hatte ich einem Mann abgekauft, der sie misshandelt hatte – ein wirklich widerwärtiger Kerl. Cricket hatte ich bekommen, weil sie lahmte. Ich hatte die beiden Stuten in die Freiheit entlassen in der Hoffnung, dass der Wildhengst, der sich damals bei uns herumtrieb – ein mächtiger Palomino – dann endlich aufhören würde zu versuchen, Cocoa oder Twilight von uns weg zu locken. Mein Plan war damals aufgegangen, und alle waren glücklich und zufrieden – bis jetzt diese Pferdejäger gekommen waren und alles kaputt machten.

Plötzlich wurde die Ranchtür aufgerissen und fiel krachend gegen die Holzwand. Ich drückte mich dicht an die Seitenwand, als zwei Männer aus dem Haus stürmten.

„Los, beeilt euch ein bisschen", knurrte einer. „Um zehn will ich hier weg sein."

„Klar doch, Vater."

Die beiden polterten die Verandastufen hinab und stapften über den Hof in Richtung Pferch: ein älterer Mann, stämmig und grobschlächtig, und ein jüngerer – dürr, athletisch und offenbar ziemlich nervös.

Wildfire? Bist du das?, fragte ich in Gedanken.

Evy!

Ich fühlte mich wie eine Heldin. Wildfire erinnerte sich anscheinend nicht nur an meinen Namen, sondern schien auch zuversichtlich, dass ich hier war, um sie und ihre Familie zu retten. Wie du wahrscheinlich gemerkt hast, kann ich auch mit Wildfire reden. Sie, Rusty, Twilight und ein Pferd, das ich in Vancouver kennengelernt hatte, sind die einzigen Pferde, mit denen ich mich in gewisser Weise auch verbal verständigen kann, weil sie abstrakt denken können. Nur, dass du Bescheid weißt.

Böse Männer, fügte sie hinzu.

Wirst du mir helfen?, fragte ich. Wir hatten keine Zeit, über die Männer zu diskutieren, und dass sie böse waren, wusste ich ja schon. Nette Männer fangen keine Wildpferde ein, um sie an den Schlachthof zu verkaufen.

Böse Männer, wiederholte Wildfire aufgebracht.

Ja, ich weiß, gab ich zurück, genauso aufgebracht. *Wirst du mir helfen?*

Sie bejahte es, und ich spürte am ganzen Leib, wie unendlich erleichtert sie war. Anscheinend ging sie davon aus, dass ich bereits einen Plan hatte.

Der Motor des Lastwagens heulte auf. Dann wurde das Fahrzeug mit heruntergeklappter Laderampe langsam an den Pferch herangefahren, in dem sich die restlichen Wildpferde befanden. Jedes einzelne von ihnen durchzuckte jähe Panik, wie ein Stromstoß – und wie ein Echo gleich darauf auch mich. Mir wurden fast die Knie weich.

Obwohl mein Herz wild pochte beugte ich mich etwas vor, um besser sehen zu können. Die nächsten Minuten würden entscheiden, wie wir vorgehen sollten. Entweder waren die Typen dabei, Wildfires Herde aus dem Laster auf den Pferch zu treiben – was bedeuten würde, dass wir etwas Zeit gewinnen würden, um sie alle zu befreien. Oder sie hatten vor, die Pferde im Pferch zu den anderen in den Lastwagen zu laden. Das hieß, sie würden mit einer vollen Ladung Pferde sofort losfahren und wir hätten keine Chance mehr, sie aufzuhalten.

Ich sah aus dem Augenwinkel eine Bewegung und drehte langsam den Kopf. Ein Ungetüm von Hund trottete die Stufen herab, nur ein zwei, drei Meter von mir entfernt. Zum Glück hatte er mich bis jetzt weder gesehen noch gerochen. Wie blöd von mir, nicht daran gedacht zu haben! Der Bursche war wirklich riesig. Eine Mischung aus einem schwarzem Labrador und einem Grizzlybären. Mit anderen Worten: ein wahres Monster.

Als er fast vor dem Lastwagen stand, wandte ich meinen Blick wieder zu den Mustangs. Die beiden Männer befanden sich inzwischen im Pferch und versuchten, die Pferde in Richtung Laderampe zu treiben.

Oh nein! Anscheinend hatte meine Glückssträhne ein jähes Ende gefunden. Jetzt durften wir keine Zeit mehr verlieren.

Ich flitzte zurück zu Kestrel und Jon, die inzwischen beide an der Rückwand der Blockhütte standen. „Sie laden gerade die restlichen Wildpferde in den Laster", flüsterte ich atemlos und hoffte inständig, dass der Riesenhund mich nicht hören konnte.

„Dann reiten wir am besten zurück und holen Hilfe," schlug Jon vor. Er versuchte, gelassen und vernünftig zu klingen, stand aber offenbar kurz vor einem Nervenzusammenbruch. Wir musste ihn wirklich öfter zu unseren Abenteuern mitnehmen, damit er sich an solche Situationen gewöhnte ...

„Dazu haben wir keine Zeit", meinte Kestrel.

„Aber zu den Pferden zurückzugehen ist eine gute Idee", sagte ich und war bereits am Planen. „Dann kann ich die Typen ablenken, während ihr Hilfe holt."

„Jon kann ja Hilfe holen. Ich bleib' bei dir."

„Nein, du holst Hilfe. Ich geh' mit Evy", sagte Jon.

Ich fühlte mich etwas unwohl dabei, obwohl ich ja unbedingt hatte wissen wollen, ob Jon gerne in meiner Gesellschaft war. Aber jetzt war keine Zeit, darüber nachzudenken. „Also, gehen wir."

Rusty! Twilight!

Wir rannten durchs Dickicht zurück und kümmerten uns nicht mehr darum, ob wir dabei Lärm machten. Jetzt kam es auf Sekunden an. Nachdem ich eine Gruppe von Kiefern andersherum umrundet hatte als Jon und Kestrel, verlor ich die beiden aus den Augen. Dann kam mir Rusty entgegen und blieb direkt vor mir abrupt stehen, während Twilight ihn von hinten anrempelte.

Ich sprang in den Sattel und schaute mich hektisch nach Jon und Kestrel um. Schließlich sah ich in einiger Entfernung Kestrels himmelblaue Jacke zwischen den Bäumen blitzen. Ich brauchte ihr nichts zu erklären – sie würde wissen, wo ich abgeblieben war. Außerdem konnte ich auf diese Weise irgendwelchen Auseinandersetzungen darüber aus dem Weg gehen, wer mich nun begleiten würde. Ich lehnte mich über Rustys Hals. „Also dann, mein Junge!"

Rusty schoss los wie ein Pfeil. Während wir durch den Wald preschten, teilte ich den beiden Pferden mit, was ich beobachtet hatte. Auch die Gedanken und Empfindungen der Wildpferde waren ständig gegenwärtig. Einige von ihnen waren wütend, andere verwirrt. Manche hatten Schmerzen. Jedes einzelne von ihnen verspürte panische Angst.

Als Rusty wissen wollte, warum die Männer die Wildpferde eingefangen hatten, blieb ich zunächst stumm. Wie sollte ich ihm erklären, was Schlachthäuser sind, ohne dass wir Menschen wie komplette Barbaren dastanden? Außerdem sollten Rusty und Twilight nicht wissen, dass es Orte gab, die dazu dienten, Pferde zu töten. Sie würden zwar wissen, dass ich einem Pferd niemals im Leben etwas antun würde, aber ehrlich gesagt schämte ich mich für die Menschen.

Als wir endlich die Straße erreichten, verfiel Rusty in einen schnellen Galopp. Hinter ihm spritzte der Lehm auf und das Gatter kam näher und näher.

Das ging mir alles viel zu schnell! Ich hatte noch keine Ahnung, was ich zu den Männern sagen wollte. Jedenfalls musste ich sie lange genug vom Verladen der Pferde abhalten, bis Hilfe kam. Wenn ich den Wildpferden doch nur irgendwie mitteilen könnte, dass sie sich auf alle Fälle weigern sollten, sich auf den Lastwagen verfrachten zu lassen.

Ach genau! Da könnte mir Wildfire vielleicht helfen.

Sieh zu, dass du aus dem Lastwagen heraus kommst, sagte ich so ruhig ich konnte zu ihr. Sie war nicht an Stimmen in ihrem Kopf gewöhnt, und ich wollte sie nicht unnötig erschrecken.

Männer sind im Weg!

Geh raus! Greif sie an, wenn es sein muss!

Okay. Wildfire schien keine Zeit zu verlieren. Im nächsten Moment vernahm ich dröhnende Hufschläge, dann das laute Geschrei der Männer. Wildfire bäumte sich auf der Laderampe auf und flippte anscheinend total aus.

Rusty machte rasch einen Schritt zur Seite, und ich beugte mich zum Gatter hinab und schob den Riegel auf. Zum Glück bewegte er sich wie frisch geölt. Ich stieß gegen das Gatter und erwartete, dass es aufsprang wie jedes normale Ranchgatter. Aber es öffnete sich gerade mal einen Spalt breit, dann fiel es schwer aus den Angeln und rammte sich in den Boden.

Wildfire wieherte erneut gellend auf, wutentbrannt und gleichzeitig voller Angst, während sie ihr Bestes tat, sich den Weg von der Ladefläche und die Rampe hinunter zu erkämpfen, gegen die Masse der Pferdeleiber, die ihr aus dem Pferch entgegengetrieben wurde. Die Panik der Wildpferde – jedes einzelnen von ihnen – wogte durch meinen Körper. Der ältere Mann trieb die Pferde brüllend und mit Peitschenhieben unerbittlich vom Pferch die Rampe hinauf, während Wildfire versuchte, die Pferde mit Bissen und Hufhieben zurückzutreiben, damit sie nicht auf den Lastwagen gelangten.

Mit Gedankenkraft war hier nichts zu machen – der Typ mit der Peitsche hatte im Moment viel mehr Macht über die Pferde als jeglicher Gedanke, den ich ihnen hätte schicken können.

Beeil dich!, hörte ich Twilight.

Ich versuch's ja.

Tu es oder tu es nicht. Es gibt kein Versuchen!

Aha. Seit wann war meine kleine Stute zu so einem weisen Klugschwätzer geworden?

Ich glitt aus dem Sattel und warf mich mit meinem ganzen Gewicht gegen das Gatter, aber es bewegte sich nur wenige Zentimeter über den morastigen Grund. Ich schob erneut und gewann ein paar weitere Zentimeter. Oh Mann, es würde Ewigkeiten dauern, bis ich das Ding so weit geöffnet hatte, dass die Wildpferde aus dem Hof entkommen konnten. Wenn sie erstmal befreit waren.

Schieben. Stoßen. Schieben. Stoßen.

Auf einmal tauchte Twilights Hinterteil neben mir auf und versetzte dem Gatter einen heftigen Stoß. Und noch einen! Super – jetzt war die Öffnung weit genug, damit die Pferde später hindurch in die Freiheit konnten! Twilight ließ von dem Gatter ab und tänzelte auf den Hof hinaus.

Warte!, rief ich ihr hinterher, aber sie hatte kein Ohr für mich. Sie war bereits auf dem Weg, um ihre Freunde zu befreien.

Ich schwang mich wieder in den Sattel und schaute die Straße hinunter. Kestrel und Jon waren gerade dabei, ihre Pferde auf den Pfad zu lenken. Einer von ihnen dürfte also in wenigen Augenblicken bei mir sein. Ich fühlte mich gleich viel sicherer und trabte mit Rusty auf den Hof hinaus.

Twilight war vor dem Pferchgatter stehengeblieben und schaute über die oberste Latte. Ihr durchdringendes Gewieher brachte das Gedränge und Geschubse zum Stillstand. Und dann stürmte zwischen den dicht gedrängten Leibern vor der Laderampe auf einmal ein Pferd hervor, gefolgt von einem kleinen dunkelbraunen Fohlen. Ich wäre fast gestorben vor Schreck. Bitte nicht! Bitte nicht Wind Dancer und ihr Fohlen!

Aber sie waren es tatsächlich. Gleich hinter ihr brach Night Hawk hervor, Twilights Vater. Und dann reckte sich ein rabenschwarzer Kopf über den anderen empor. Das Pferd blickte äußerst ungehalten um sich und sah verdächtig nach Black Wing aus. Dann konnte auch Ice nicht weit sein. Vermutlich war er so tief im Gedränge eingekesselt, dass er nicht zu sehen war.

Doch plötzlich waren alle meine Gedanken aus meinem Kopf wie weggefegt. Ich sah, wie der ältere Mann aus dem Pferch auf meine Stute zustampfte und ihre Herde wieder zu den anderen Pferden zurücktrieb. „Mist! Eins der Viecher ist entkommen!", brüllte er seinem Sohn zu, der neben der Laderampe stand.

„Was? Das gibt's doch gar nicht! Wie konnte das denn passieren?"

Der Alte schrie irgendwas zurück, aber ich hörte nicht mehr hin. Nie wieder wollte ich diese Stimme hören. Ich hatte den Mann nämlich erkannt. Jetzt begriff ich auch, warum Wildfire das so nachdrücklich wiederholt hatte – „Böser Mann". Der Mann war in der Tat böse, und niemand wusste das besser als wir beide. Es war Wildfires ehemaliger Besitzer, der Typ, vor dem ich sie gerettet hatte. Im gleichen Moment, als mir das schlagartig klar wurde, schaute er in meine Richtung und sah mich auf Rusty. Auch er brauchte nur einen Sekundenbruchteil, um mich wiederzuerkennen. Auf seiner Stirn bildete sich eine grimmige Furche, ein widerwärtiges Grinsen kroch über sein Gesicht. Er erinnerte sich nur zu genau an unsere letzte Begegnung – und an die Tatsache, dass ausgerechnet ein Mädchen ihn entlarvt und wie einen Idioten hatte aussehen lassen, als er versucht hatte, Jon für teures Geld ein krankhaft überspanntes Pferd zu verkaufen. Genau, das war Wildfire gewesen. Angesichts der brutalen Behandlung durch ihren Besitzer hatte es für das aggressive Verhalten, das sie seinerzeit an den Tag gelegt hatte, allerdings gute Gründe gegeben.

Als ich Hufschläge hinter mir hörte, drehte ich mich um und hoffte, es wäre entweder Kestrel oder Jon. Stattdessen kamen sie beide angeritten, die Augen auf den älteren Mann gerichtet. Also hatten sie niemanden alarmiert, und wir drei waren dem ekelhaften Kerl und seinem Sohn hilflos ausgeliefert.

„Gibt's Probleme?" Der Ruf kam von der Veranda herüber. Dort standen auf einmal wie aus dem Nichts zwei weitere junge Männer und warfen uns ebenso finstere Blicke zu wie ihr Vater.

Wie viele Söhne hatte der Typ denn noch?

Wie auf ein Zeichen erhob sich der große Hund, der bisher im Schatten des Lastwagens gedöst hatte, und kam mit gebleckten Zähnen auf Rusty und mich zugelaufen.

Der ältere Mann grinste dreckig. „Schätze, das Rettungskommando ist eingetroffen", sagte er.

Seine drei Söhne lachten auf.

Böse Männer, teilte mir Wildfire erneut mit

Ja, sehr böse Männer, bestätigte ich. Was sollte ich sonst sagen?

Kapitel 5

„Bringt die Palominostute zu den anderen", sagte der ältere Mann zu den beiden jüngeren auf der Veranda. „Die sieht mir aus wie ein Mustang."

„Wagen Sie bloß nicht, sie auch nur anzurühren!", schrie ich. „Sie gehört mir!"

Die beiden jungen Männer kamen jedoch bereits auf uns zu marschiert, mit schwingenden Lassos, mit denen sie Twilight einfangen wollten. Dachte ich.

„Hast du einen Kaufvertrag? Oder irgendwas anderes, das dich als rechtmäßige Besitzerin ausweist?", fragte der Alte, während er über den Zaun kletterte. Als er wieder auf festem Boden stand, machte er eine knappe Bewegung mit dem Kopf.

„Ich kann Leute nennen, die bezeugen können, dass sie mir gehört."

Der Mann machte eine abschätzige Geste in Richtung Jon und Kestrel. „Wen denn? Etwa diese beiden?" Er nickte seinen Söhnen erneut zu, und der erste nickte grinsend zurück. Was war hier im Busch? „Tja, ich fürchte, die beiden werden dir für eine Weile nicht mehr allzu viel nützen."

Und dann flogen sirrend zwei Lassos durch die Luft. Aber die beiden Söhne hatten nicht etwa Twilight im Visier, wie ich gedacht hatte, sondern Jon und Kestrel! Sie hatten uns ausgetrickst.

„Nein! Lassen Sie sie sofort frei!", kreischte ich, als sich die schweren Seile um meine beiden Freunde legten. Im gleichen Moment trat der Alte blitzschnell an Rusty heran, grapschte nach dem Zaumzeug und zerrte mich mit der anderen Hand gewaltsam aus dem Sattel.

Ich weiß nicht, was mit Jon und Kestrel passierte, jedenfalls verlor ich die beiden für eine ganze Weile aus den Augen. Ich wehrte mich mit aller Kraft – strampelnd, beißend und mit den Ellbogen um mich schlagend, bis ich auf einmal im Gerangel das Gleichgewicht verlor und im Matsch landete. Für einen kurzen Moment blieb ich benommen sitzen.

Als ich mich aufrappelte, sah ich, wie der Mann zu dem Lastwagen hinüber rannte, verfolgt von Rusty und Twilight. Die beiden sahen so zornig aus, wie ich sie noch nie vorher erlebt hatte. Wären sie hinter mir her gewesen, hätte ich echt um mein Leben gebangt.

Ich sah mich hektisch nach Jon und Kestrel um und erhaschte gerade noch einen Blick auf Kestrels blauen Anorak, bevor die Haustür hinter ihnen zugeschlagen wurde. Die beiden Söhne standen heftig atmend auf der Veranda, und als sie sich zu mir umdrehten, sah ich, dass einer von ihnen einen blutigen Kratzer quer über die Wange hatte. Gut gemacht, Kestrel!

Peng! – Das war ein Schuss!

Ich schrie gellend auf. Der Alte lehnte sich aus dem Lastwagen und hielt ein Gewehr im Anschlag, mit dem er genau über Rustys Kopf zielte. Mein geliebter Wallach sprang zur Seite.

Oh. Mein. Gott.

Renn weg, Rusty! Du auch, Twilight. Lauft zurück in den Wald!

Ohne einen Moment zu zögern, verfielen meine beiden Pferde in gestreckten Galopp.

Will dich nicht alleine lassen, sagte Rusty.

Die Männer werden mich nicht verletzen. Die wollen nur euch was tun. Da war ich mir ziemlich sicher. Diese Kerle waren fies und brutal und hatten keine Skrupel, Pferde abzuknallen. Mir würden sie jedoch wahrscheinlich nichts Schlimmes antun. Allerdings würden sie mich bestimmt liebend gern fangen und in das Blockhaus sperren. Wenn ich den Mustangs helfen wollte, musste ich also auf jeden Fall zusehen, dass ich ihnen nicht in die Hände fiel.

Twitchy und Cleo trabten langsam hinter Rusty und Twilight her, wie brave Reitpferde eben. Wären die Männer plötzlich auf die Idee gekommen, die beiden zu fangen und zusammen mit den Mustangs zum Schlachthof zu bringen, hätten sie keine Chance gehabt. Ich rannte auf sie zu und wedelte wild mit den Armen. Daraufhin trabten sie etwas flotter, ließen sich aber insgesamt nicht aus der Ruhe bringen. Die Gewehrschüsse schreckten sie nicht, sowas hatten sie schon tausendmal gehört.

Als ich die beiden endlich aus dem Ranchhof herausgebracht hatte und den Waldweg entlangrannte, waren Rusty und Twilight bereits außer Sichtweite. Am Tor blieb ich kurz stehen und überlegte.

Es wäre ein Leichtes gewesen, Twitchy einzuholen, mich in den Sattel zu schwingen und Hilfe zu holen. Wenn ich Twitchy dazu bringen könnte, einen ordentlichen Zahn zuzulegen, war Mama nur wenige Minuten entfernt. Aber das würde bedeuten, dass ich Kestrel, Jon und die Mustangs im Stich lassen müsste. Wie viele von den Pferden könnten die Männer während meiner Abwesenheit wohl auf die Pritsche laden? Vielleicht gab es ja eine Möglichkeit, sie auch ohne fremde Hilfe daran zu hindern?

Dazu musste ich jetzt allerdings genau das Richtige tun. Was immer das war ...

Ich drehte mich um. Der Alte stieg gerade aus dem Führerhaus, zum Glück ohne das Gewehr. Seine beiden Söhne, die Jon und Kestrel ins Haus gestoßen hatten, kamen die Veranda herunter und gingen zu ihrem Vater hinüber. Den großen schwarzen Hund ließen sie auf der Veranda zurück. Er nahm seine Aufgabe als Wachhund sehr ernst: Knurrend und mit hochgezogenen Lefzen starrte er auf eine Ritze in der Holztür, durch die Jon und Kestrel nach draußen spähten.

„Also los, laden wir die Biester endlich wieder auf." Einer der Söhne stand bereits oben auf der Pritsche des Lastwagens, die inzwischen ganz leer war. Die Mustangs hatten sich alle wieder im Pferch versammelt. Dazu hatte Wildfire ihren Teil beigetragen – wenigstend das hatte geklappt.

Der andere Sohn zeigte auf mich. „Willst du die zu den anderen stecken?", fragte er seinen Bruder.

Ich machte mich bereit, jeden Moment zu fliehen.

Der Alte schaute mich an und grinste abfällig. „Ach was", sagte er dann. „Mit der verschwenden wir nur unnötig Zeit. Außerdem will ich, dass sie uns dabei zusieht, wie wir diese Heufresser verladen."

Seine beiden jüngeren Söhne lachten, während der andere, der gefragt hatte, eher enttäuscht dreinschaute. Wahrscheinlich war er genau so fies wie sein Vater, besaß aber weniger Grips. Das konnte man schon an seinen Augen sehen. Er war der typische Befehlsempfänger, selber denken war offenbar nicht sein Ding.

Aber mich ungeschoren gehen zu lassen, war von dem Alten auch nicht besonders intelligent. Auf Dauer würde der Hund ihnen außerdem auch nicht viel nutzen, um Jon und Kestrel in Schach zu halten.

Ich warf einen Blick zur Verandatür. Tatsächlich – der Hund hatte bereits aufgehört zu knurren und wirkte auf einmal höchst interessiert. Wahrscheinlich hatte ihm Kestrel durch die Ritze etwas Leckers zugesteckt, das sie im Haus gefunden hatte, jedenfalls hätte ich das getan. Ehe sich der Alte versah, würde sich sein großer, böser Wachhund pappsatt und müde an einem bequemen Plätzchen zusammenrollen und einschlafen, während Kestrel und Jon wieder freie Hand hatten. Ich musste grinsen.

Können wir helfen?, fragte Twilight.

Ich fuhr meinen Pferderadar aus. Sie war nicht zu sehen, war aber ganz in der Nähe, zusammen mit Rusty, Twitchy und Cleo.

Wie könnte ich auf Rustys und Twilights Hilfe zurückgreifen?

Auf einmal hatte ich einen Plan. Keinen brillanten Plan, aber immerhin. Jede Menge konnte dabei schief gehen (und würde es wahrscheinlich auch), aber wenigstens würden wir etwas unternehmen. Denn eines war ganz sicher:

Wenn nichts geschah, wäre das Schicksal der Mustangs besiegelt.

Doch bevor ich Rusty und Twilight um ihre Hilfe bat, musste ich sichergehen, dass sie den Hof gefahrlos betreten konnten.

Der Alte und zwei seiner Söhne waren gerade im Pferch, der dritte Sohn hielt sich irgendwo hinter dem Lastwagen auf. Jedenfalls war er dort vor ein paar Sekunden verschwunden.

Ich nahm all meinen Mut zusammen und lief lautlos zurück in Richtung Pferch. Nach wenigen Schritten war ich bereits auf dem Ranchhof, aber keiner der Männer schien mich zu bemerken. Sie waren vollauf damit beschäftigt, die Mustangs wieder auf die Laderampe zu scheuchen. Mein Herz pochte wie verrückt, je näher ich kam. Jeden Moment konnte ja zufällig einer von denen in meine Richtung schauen und mich sehen ...

Ich brauchte unbedingt etwas, um sie abzulenken. Wenn sie mich jetzt sahen und beschlossen, mich lieber doch nicht mehr frei herumlaufen zu lassen, würde ich ihnen nicht mehr entkommen können.

Wildfire kam meiner stummen Bitte mit dem größten Vergnügen nach. Selbst ich war überrascht, mit welcher Heftigkeit sie den Alten und einen seiner Söhne angriff, die zufällig gerade nebeneinander standen. Die Männer stoben in verschiedene Richtungen auseinander, und Wildfire preschte zwischen den beiden hindurch, mit angelegten Ohren und zornig rollenden Augen. Jetzt, wo sie es ihrem ehemaligen Peiniger endlich mal zeigen konnte, wollte sie ihre gerechte Rache auskosten! Sie machte auf der Hinterhand kehrt und griff den Alten erneut an, während der versuchte, davonzurennen. Ich schaute kurz fasziniert zu, aber dann riss ich mich los. Es war Zeit zu handeln!

In gebückter Haltung lief ich so schnell ich konnte den restlichen Weg zu dem Lastwagen hinüber. Ich war gerade an der Kühlerhaube angekommen, als ein gellendes, erbostes Wiehern die Luft zerriss und das Stampfen der Pferdehufe immer lauter wurde. Wildfire hatte auch ihre Kameraden in Bewegung gebracht.

Ich spähte um das Fahrerhaus herum. Keine Spur von dem dritten Sohn. Anscheinend war er losgelaufen, um seinem Vater und seinen Brüdern zu helfen. Vorsichtig öffnete ich die Tür des Fahrerhauses.

Nein, ich wollte den Lastwagen nicht stehlen. Zum einen kann ich gar nicht fahren, jedenfalls nicht besonders gut, und außerdem hatten sie vor dem Blockhaus noch ein zweites Auto stehen, mit dem sie mir problemlos hätten folgen können.

Nein, ich hatte was Besseres vor. Diesen Lastwagen würde so schnell niemand mehr fahren!

Der Zündschlüssel steckte im Schloss, genau wie ich gehofft hatte. Ich zog ihn heraus und beugte mich über den dreckigen Fahrersitz, um die Beifahrertür abzusperren. Dann öffnete ich die Fahrertür, glitt hinaus und schloss sie lautlos ab. Ta-da! Jetzt war auch das Gewehr sicher weggesperrt. Mit einer raschen Bewegung schleuderte ich den Schlüssel unter den Lastwagen. Sie würden auf Händen und Knien herumrutschen müssen, um ihn zu finden.

Bevor ich wieder zur Vorderseite des Lastwagens rannte, warf ich einen schnellen Blick zur Veranda hinüber. Keine Spur von dem Hund! Fast hätte ich laut gelacht. Garantiert war er im Haus und am Fressen, während Kestrel und Jon bestimmt schon über alle Berge waren und wahrscheinlich gerade Hilfe holten.

Ich hätte zu diesem Zeitpunkt von meinem tollen Plan Abstand nehmen und Jon und Kestrel einfach folgen können. Nichts wäre einfacher gewesen. Wir hätten die Typen die Mustangs einfach aufladen lassen können, denn ohne Zündschlüssel würden sie sowieso nicht vom Fleck kommen. Und in einer halben Stunde hätten wir genügend Verstärkung herbeiholen können, um den Kerlen das Handwerk zu legen.

Aber ich sah ein großes Problem. Jetzt wegzugehen würde bedeuten, Wildfire im Stich zu lassen. Das wäre wirklich gemein gewesen, denn sie hatte sich immerhin für uns in Gefahr begeben, indem sie die Männer abgelenkt hatte. Die vier hatten vermutlich inzwischen die Nase voll von ihren Kapriolen und könnten ihr wirklich gefährlich werden.

Gleich darauf sollte sich meine Vermutung bestätigen. Als ich hinter dem Lastwagen einen verstohlenen Blick auf den Pferch warf, sah ich, dass Wildfire gerade total am Ausrasten war. Sie bäumte sich auf und biss und schlug wild um sich, während die vier Männer laut fluchend um sie herumstanden. Oh je ...

Und dann bellte der Alte einen lauten Befehl: „Geh und hol meine Bullenpeitsche!"

Einer seiner Söhne rannte zu dem halbverfallenen Schuppen am anderen Ende des Pferches. Die Mustangs stoben auseinander wie aufgeschreckte Mäuse. Ihre Panikgefühle wallten durch meinen Kopf, löschten kurzzeitig jeden vernünftigen Gedanken aus. Am liebsten wäre ich in dem Moment selber auf und davon gelaufen.

Aber das ging nicht. Wildfire brauchte meine Hilfe, und so versuchte ich, die aufsteigende Angst zu unterdrücken. Schluss mit Abwarten – ich musste jetzt endlich handeln und meinen Plan in die Tat umsetzen! Er war zwar nicht gerade perfekt und hatte jede Menge Schwachstellen, aber möglicherweise könnte er ja doch funktionieren.

Auf der Ranch war mir als Erstes aufgefallen, dass die Pferche wie ein Labyrinth angeordnet waren, mit jeder Menge Verbindungswegen, umschlossenen Flächen und engen Treibgängen. Die Anlage war riesig und unübersichtlich. Die Gehege waren jeweils durch ein oder mehrere Gatter mit den angrenzenden Pferchen verbunden.

Mein Plan bestand nun darin, so viele Gatter wie möglich aufzumachen und dafür zu sorgen, dass sich die Mustangs zwischen den einzelnen Pferchen und Treibgängen verteilten. Während ich die Gatter öffnete, würden die Männer, so hoffte ich, vollauf damit beschäftigt sein, die Mustangs wieder in den großen Pferch zurückzutreiben. In dieser Zeit könnte Twilight kommen und das tun, was sie am besten konnte: das Gatter des Hauptpferchs öffnen und so die Mustangs auf den Ranchhof hinauslassen, von wo aus sie fliehen konnten. Und dann war Rusty an der Reihe – er müsste rechtzeitig kommen und mich retten.

Warum das letztlich doch kein brillanter Plan war? Na ja, weil jede Menge passieren konnte. Weil die Männer mich schnappen könnten, bevor ich genügend Gatter aufgemacht hatte. Weil Twilight es vielleicht nicht schaffen würde, das Tor zu öffnen. Oder, falls es ihr doch gelang, könnte einer der Männer das bemerken und die Mustangs in den kleineren Pferchen einsperren. Oder die Mustangs könnten auf dem Ranchhof in ihrer Panik nicht rechtzeitig die großen Tore finden, denn nur diese führten endgültig in die Freiheit.

Aber selbst wenn alles schiefgehen würde, was schiefgehen konnte, würden wir zumindest Zeit gewinnen. Und dadurch stieg die Chance, dass rechtzeitig Hilfe kommen würde – dank Jon und Kestrel.

Ich flitzte um den Lastwagen herum zu dem Pferch gleich neben der Umzäunung, in der sich die Mustangs befanden, schlüpfte unter dem Gatter durch und ging in die Hocke. Dann wartete ich ein paar Sekunden ab, keuchend und mit pochendem Herzen.

Aber es blieb still. Die Männer hatten mich nicht bemerkt! Wahrscheinlich hatten ihnen die vielen Mustangleiber, die sich am Zaun entlang drängten, die Sicht versperrt. Es musste die ohnehin schon verängstigten Pferde ziemlich erschreckt haben, als ich da so plötzlich auftauchte, aber zum Glück stoben sie nicht wild auseinander. Anscheinend flößte ich ihnen weniger Angst ein als die vier brüllenden Männer, vor allem der Alte mit der großen Peitsche. Ein paar Pferde hatten die vorhin bereits zu spüren bekommen, und die Erinnerung daran hatte sich auch bei mir schmerzhaft eingebrannt.

Wie ein Blitz sauste ich durch den leeren Pferch und hielt Ausschau nach dem Gattertor, das zu dem Gehege mit den Mustangs führte. Aber ich sah keins. Oh nein! War das etwa der einzige Pferch, der nur einen Ausgang hatte hatte?!

Gatter öffnen?, fragte Twilight, die meine Gedanken las.

Nur, wenn man dich nicht sehen kann, gab ich zurück. Die Männer durften sie auf keinen Fall einfangen.

Keiner wird mich sehen, meinte sie. Sie brannte regelrecht darauf, aktiv zu werden.

Ich erreichte die gegenüberliegende Umzäunung und schlüpfte hindurch. Ah, da war es ja! Ein schönes breites Gattertor, dass zu dem Pferch mit den Mustangs führte. Wenn ich das jetzt öffnete, konnten die Pferde in den Pferch hinein, in dem ich mich gerade befand. Der war zwar kleiner als ihrer, aber besser als gar nichts. Wenigstens waren sie dann schon mal ein Stück weiter weg von den Männern.

Ich rannte zu dem Gattertor hinüber, und die Mustangs, die von der anderen Seite bereits dagegen pressten, wichen ein Stück zurück. Nur so weit, dass sie mich dennoch verdeckten, so dass die Männer mich wahrscheinlich nach wie vor nicht sehen konnten. Ich griff nach dem Riegel und rüttelte daran. Das blöde Ding bewegte sich gerade mal einen Zentimeter. Na toll. Musste das ausgerechnet ein schwergängiges Schloss sein? Ich ruckelte erneut daran.

Mann beim Gatter, teilte mir Twilight mit.

Rasch bat ich Wildfire, sofort denjenigen anzugreifen, der gerade neben dem großen Gatter stand. *Aber nicht so heftig, dass er drüberklettert, um vor dir zu flüchten!*, fügte ich in der Hoffnung hinzu, sie würde das noch mitbekommen. Außerhalb des Geheges wäre Twilight nämlich voll im Blickfeld der Männer.

Erst hartes Hufgetrappel, dann ein gellendes Wiehern. Ich klinkte mich in Wildfire ein und sah durch ihre Augen, dass sie einen der Söhne im Visier hatte. Dem stand die pure Angst ins Gesicht geschrieben, und er zog sich schleunigst vom Gatter zurück. Super, genau, was ich gewollt hatte! Vielleicht war mein Plan ja doch nicht so übel. Wenn ich jetzt bloß noch diesen verflixten Riegel aufkriegen könnte!

Dann hörte ich auf einmal Hufe auf einer Holzfläche klappern. Unzählige Hufe. Die Mustangs liefen über die Rampe auf die Ladepritsche hinauf. Das durfte doch nicht wahr sein!

Verzweifelt zerrte ich mit aller Kraft an dem Riegel. Das Metall schnitt mir in die Haut. Fast hätte ich vor Schmerz laut aufgeschrien, aber ich musste es einfach noch mal versuchen. Und dieses Mal bewegte sich das dämliche Ding weit genug zurück, dass ich das Gatter aufstoßen konnte.

Hier raus!, rief ich Wildfire in Gedanken zu. Die Scharniere quietschten, und das Gatter schwang weit auf.

Ich machte auf dem Absatz kehrt und rannte los, diesmal zu dem zweiten Gattertor. Hinter mir hörte ich die Mustangs nachkommen. Anscheinend hatten sie endlich begriffen, wo es langging. Das zweite Gatter ließ sich so leicht öffnen, als wäre der Riegel gerade frisch geölt worden. Ich atmete erleichtert auf. Dann flitzte ich in den zweiten Pferch des großen Labyrinths und hielt Ausschau nach dem nächsten Gattertor.

Ah, da drüben war es ja! Ich schlug einen Haken.

Aber kaum hatte ich die Hälfte des Weges hinter mir, holten mich die Mustangs rechts und links ein. Sie hielten die Köpfe hoch, und ich spürte ihre Herzen wild pochen, während sie einen Fluchtweg suchten.

Dann kamen die ersten am Gatter an, das sich ein ganzes Stück vor mir befand, aber natürlich war es noch verschlossen. Die Mustangs stampften wild um mich herum, ihre Leiber oft nur noch wenige Zentimeter von mir ent-

fernt. Je mehr sie in Raserei gerieten und sich gefangen fühlten, desto mehr buckelten sie und schlugen aus.

Ich hatte gewusst, dass es nur eine Frage der Zeit war, aber ich konnte nichts dagegen tun: Irgendwann rempelte mich ein Pferd mit der Schulter an, und ich wurde mit Wucht herumgeworfen und gegen ein anderes Pferd geschleudert. Dann fiel ich auf die Knie und direkt in eine große Schlammpfütze.

Um mich herum wild stampfende Pferdehufe. Ich wagte mich kaum zu rühren, geschweige denn aufzustehen.

Auf einmal traf mich etwas Schweres sehr hart in die Seite und landete gleich darauf spritzend im Matsch. Als der scharfe Pferdehuf an meinen Rippen entlangschrammte, schrie ich auf vor Schmerz.

Ich konnte mich nur noch zusammenrollen – Bauch nach unten, Rücken nach oben, beide Hände über Kopf und Nacken – und hoffen, dass mich keiner der stampfenden Pferdehufe voll treffen würde. Sie donnerten immer lauter und lauter und ich dachte, irgendwann müsste die ganze Aufregung doch einen Höhepunkt erreichen und endlich aufhören, aber es ging immer weiter. Ich hatte in meinem Leben bisher schon viele Abenteuer erlebt und auch schon die eine oder andere ernsthaft gefährliche Situation hinter mir. Aber nun fragte ich mich zum ersten Mal, ob ich dieses Inferno hier wohl überleben würde.

Kapitel 6

Irgendwann ließ das wilde Gestampfe ein wenig nach, und über den Lärm hinweg hörte ich die Stimmen des Alten und seiner drei Söhne.

Schließlich vernahm ich nur noch vereinzeltes Hufgetrappel. Die Pferde waren weg. Und die Männer ebenfalls. Ich hörte zwar, wie sie sich gegenseitig etwas zuriefen, aber sie schienen jetzt viel weiter weg zu sein. Offenbar hatten sie mich in der Schlammpfütze nicht gesehen.

Langsam löste ich meine Hände und hob vorsichtig den Kopf, gerade in dem Moment, als die letzten drei Mustangs aus dem kleinen Gehege hinausgaloppierten.

Wir hatten es geschafft!

Ich rappelte mich auf, aber gleich darauf durchfuhr mich rechts ein stechender Schmerz. Vorsichtig tastete ich unter meine lehmverdreckte Jacke und fühlte meine Bluse feucht an meiner Haut kleben, dort, wo mich der scharfe Pferdehuf erwischt hatte. Autsch!

Aber genug gejammert. Ich musste herausfinden, was mit den Mustangs passiert war.

Mit steifen Schritten stolperte ich durch die beiden kleineren Pferche zurück nach draußen. Wo war Twilight? Schnell versuchte ich, mit ihr Verbindung aufzunehmen.

Oh, wie toll! Ich spürte Freiheit – herrliche, unbändige Freiheit! Nicht nur meine geliebte Twilight, sondern auch die anderen Mustangs schienen in Sicherheit zu sein. Sie galoppierten einen Waldweg entlang und entfernten sich mit jedem Schritt ein Stück weiter von der sogenannten Zivilisation. Twilight hatte den Pferden offenbar die Fluchttore gezeigt und begleitete die Herde. Noch ein paar Meter, und sie wären außerhalb meines Pferderadars.

Da durchzuckte mich ein grauenvoller Gedanke. Twilight würde doch später zurückkommen, oder? Obwohl ich genau wusste, wie sehr sie es genoss, mit ihren Kameraden dahinzupreschen ... Würde sie wirklich zu mir zurückfinden, trotz des beglückenden Gefühls, zu dieser Gemeinschaft zu gehören? Zu diesen Wildpferden, die sie verstanden, die ungezähmt und intelligent waren – und zäh und ausdauernd, genau wie sie selbst?

Mir war bewusst, dass ich mich Twilight gegenüber komplett entblößte und sie meine ganze Verzagtheit und Unsicherheit unmittelbar mitbekam, aber ich konnte nicht anders, als ihr eine Frage nachzuschicken: *Kommst du zurück nach Hause?*

Keine Bange.

Das war das letzte, was ich empfing, bevor sie außer Reichweite war.

Hieß das nun, dass sie zurückkommen würde? Oder dass ich mir keine Sorgen machen sollte, weil sie mich niemals vergessen würde? Dass sie in Sicherheit war und glücklich, wieder mit ihrer alten Herde zusammen zu leben?

Inzwischen war ich stolpernd in dem großen Pferch angelangt, der jetzt leer war, und eilte auf das Gattertor zu. Es baumelte nur noch an einem Scharnier. Anscheinend waren einige der Pferde auf der Flucht dagegen gestoßen.

Ich schaute mich auf dem Ranchhof um. Waren sie wirklich alle entkommen? Es schien so. Mir wurde vor Glück ganz warm ums Herz.

Rusty?
Hier bin ich!

Im nächsten Moment kam mein silbergrauer Wallach durch das große Ranchtor auf den Hof galoppiert. Als er mich sah, legte er noch an Tempo zu.

Sekunden später kam er kurz vor mir schlitternd zum Stehen und bespritzte mich dabei von oben bis unten mit Matsch. Nicht, dass das einen großen Unterschied gemacht hätte, dreckig, wie ich ohnehin war.

Anstatt ihm mit Worten zu danken, ließ ich ihn meine grenzenlose Dankbarkeit einfach nur spüren. Als ich mitbekam, wie erleichtert auch er war, mich einigermaßen heil wiederzusehen, fühlte ich mich, als würde die Sonne aufgehen. Mit steifen Gliedern hievte ich mich mit letzter Kraft in den Sattel.

Wir waren gerade auf dem Wag nach draußen, als ich ein Pferd wiehern hörte. Rusty blieb stehen. Da – da war es wieder. Es kam aus Richtung des Schuppens, und als ich Rusty wendete, sah ich ein Pferd hinter dem heruntergekommenen Gebäude hervortreten.

Wind Dancer.

Die Palomino-Stute wirbelte herum und starrte hinter sich, als hätte sie dort gerade ein Gespenst gesehen. Dann stieß sie ein schrilles Wiehern aus.

Die Verzweiflung, die ich heraushörte, schnitt mir ins Herz. So rief eine Stute nur nach ihrem Fohlen ... Crescent Moon!

Im nächsten Moment schoss das kleine Fohlen hinter dem Schuppen hervor, geriet aber gleich darauf ins Torkeln und stürzte vornüber zu Boden. Sie hatte eine Lassoschlinge um den Hals. Einen Moment lang lag sie wie benommen auf der Seite. Dann kam noch ein weiteres Lasso geflogen, aber Crescent Moon konnte der Schlinge in letzter Sekunde ausweichen, und das Seil glitt an ihr herab zu Boden.

„Tun Sie ihr ja nichts!", kreischte ich und bemerkte kaum, dass Rusty sich bereits in Bewegung gesetzt hatte und wir schon auf dem Weg zu den beiden waren. Als wir zum Stehen kamen, tauchten die Männer vor uns auf. Alle vier. Mit finsteren Gesichtern, die nichts Gutes verhießen.

Wind Dancer legte die Ohren an und starrte zu uns herüber, während Crescent Moon sich mühsam aufrappelte. Ihre Mutter schüttelte wütend den Kopf in unsere Richtung. Eigentlich waren wir hier die Guten, aber das konnte sie ja nicht wissen.

Dann flog erneut ein Lasso durch die Luft. Da sich Wind Dancer zu sehr auf uns konzentriert hatte, legte es sich um ihren Hals und wurde sofort festgezurrt.

„Sieh zu, dass du die Göre kriegst!", schrie der Alte seinem jüngsten Sohn zu.

Ich ließ Rusty sofort lospreschen und schaute dann kurz über die Schulter um zu sehen, ob wir irgendwelchen Seilschlingen ausweichen mussten. Aber bis der junge Mann sein Lasso zur Hand hatte, waren wir schon weit genug weg.

„Los, schnell, mach das Gatter zu!", brüllte der Alte. Sein Sohn flitzte los und rollte beim Laufen sein Lasso ein.

Ich hätte losheulen können, als ich mit Rusty auf das rettende Gatter zusteuerte. Hätten wir doch Wind Dancer und ihrem Fohlen nur helfen können! Ich hätte alles für sie getan, aber es ging nicht. Rusty und ich hatten keine andere Wahl, wir mussten den Männern entkommen. Nur so hatten wir eine Chance, vielleicht doch noch rechtzeitig Hilfe zu holen (die eigentlich schon längst hätte da sein sollen ...) in der Hoffnung, dass es noch nicht zu spät sein würde.

Der junge Mann schaffte es nicht, uns einzuholen, und Rusty und ich preschten durch das Tor nach draußen. Mit jedem Schritt ließen wir die Ranch weiter hinter uns, und das Geschrei der Männer, das sich jetzt gegen die beiden Pferde richtete, wurde immer leiser. Schließlich hörte ich nur noch das dumpfe, gleichmäßige Hufgetrappel meines tapferen Wallachs auf dem weichen Waldboden. Obwohl ich von den Männern selbst nichts mehr mitbekam, spürte ich, was Wind Dancer und Crescent Moon empfanden: Wut, Angst und ohnmächtige Hilflosigkeit.

Aber dann beruhigte ich mich allmählich. Das lag an Rusty. Wenn ich innerlich angespannt war, war er für mich immer wie ein Fels in der Brandung.

Irgendwann merkte ich an seinem Gang, wie müde er war. Er war stets guter Laune und eifrig bereit, alles für mich zu tun, egal wie erschöpft er sein mochte. Und gerade heute hatte er wahrhaftig allen Grund, erschöpft zu sein. Er war ein anstrengendes Rennen gelaufen, hatte es auch noch gewonnen, und danach war er Pferdedieben entkommen und hatte mich zum Schluss aus den Fängen der schrecklichen Männer gerettet. Der arme Kerl musste vollkommen fertig sein.

Bin kein armer Kerl, teilte er mir mit.

Sorry.

Wir galoppierten um eine Kurve und dann an einer Ranch vorbei, die verlassen schien. Klar, die Leute waren alle beim Rodeo. Als wir um eine weitere Biegung kamen, sah ich vor uns drei Reiter, die eilig auf uns zukamen. Mensch, das waren doch Kestrel und Jon, und ... es war zu schön, um wahr zu sein!

„Mama?!", schrie ich, während wir näher an die drei herangaloppierten. Die eine Reiterin winkte mir zu. Wahrhaftig. Es war meine Mutter!

Rusty war inzwischen schweißgebadet, und an seinem Maul hingen kleine Schaumflöckchen.

Mama brachte Cocoa zum Stehen. „Lieber Himmel, was hast du denn mit dem armen Rusty angestellt?"

Ich spürte Wut in mir aufsteigen. Das also war das erste, das ihr einfiel, nach allem, was ich durchgestanden hatte? Außerdem war schließlich sie hier diejenige, die Geheimnisse hatte, nicht ich. Aber mit einer zornigen Auseinandersetzung war Wind Dancer und Crescent Moon jetzt nicht geholfen. „Du musst mir helfen", flehte ich.

„Wo hast du dich denn so dreckig gemacht?", wollte sie als nächstes wissen. Ich warf Kestrel einen verzweifelten Blick zu. Wo sollte ich beginnen?

„Wir hatten noch keine Zeit, es ihr zu erklären", sagte Kestrel. „Was ist denn passiert?"

„Wir haben sie alle befreit, bis auf zwei." Mir wurde fast übel, als ich das hinzufügen musste.

„Wow!", entfuhr es Jon. Er war offenbar tief beeindruckt.

„Bis auf zwei was?", fragte Mama.

„Mustangs. Deshalb musst du ja mitkommen. Wir müssen sie vor diesem brutalen Kerl retten. Das ist der gleiche, der damals Wildfire misshandelt hatte. Und jetzt hat er Wind Dancer und Crescent Moon in seiner Gewalt!"

Mama schaute verwirrt. „Wind Dancer und Crescent Moon – wer ist das denn?"

Ich holte tief Luft. Mann, wir hatten wirklich keine Zeit für lange Erklärungen. Wir sollten lieber losreiten und die beiden Mustangs retten!

„Der frühere Besitzer von Wildfire hat eine Mustangherde eingefangen", sagte Kestrel, die erkannt hatte, dass ich nicht mehr weiter wusste.

Während sie geduldig Mamas weitere Fragen beantwortete, versuchte ich mit den beiden Pferden Verbindung aufzunehmen. Aber falls die beiden überhaupt etwas von sich gaben, wurde das von den Empfindungen und dem Gewieher von hunderten anderen aufgeregten Pferde überlagert.

Auch Twilight schien nicht in Reichweite meines Pferderadars zu sein. War sie immer noch bei ihrer Familie und bewegte sich dabei mit jedem Schritt weiter von mir weg? Hatte sie vielleicht doch endgültig die Nase voll von meinen Versuchen, ihr ein Gebissstück ins Maul zu schieben? Würde sie niemals einen Sattel auf dem Rücken spüren? War das der endgültige Abschied von ihr? Würde sie jemals zurückkommen ...?

„Evy!"

„Was? Wie?"

„Ich habe dich gefragt, was du jetzt von mir erwartest."

„Wie meinst du?"

Mama sah jetzt ernsthaft genervt aus. „Na, wegen dieser Mustangs!"

„Na, du sollst sie befreien." Ich meine, was denn sonst?

„Und wie, bitte schön?"

„Das weiß ich doch nicht. Rede mit dem Typ. Bring ihn zu Vernunft. Uns nimmt er ja nicht ernst, aber vielleicht hört er auf einen Erwachsenen."

„Na, da wäre ich mir nicht so sicher."

„Aber du musst es wenigstens versuchen, Mama! Wind Dancer ist die Mutter von der kleinen Crescent Moon. Wir können sie doch nicht einfach ihrem Schicksal überlassen! Und selbst wenn der Kerl beschließt, sie nicht zum Schlachthof zu fahren, sondern sie als Reitpferde behält – die beiden würde ein schreckliches Leben erwarten, besonders Crescent Moon! Sie würde sich irgendwann überhaupt nicht mehr daran erinnern, wie es ist, ein wildes Pferd zu sein, frei und ungebunden. Und sie würde garantiert nie mehr einem Menschen vertrauen, genau so, wie es damals bei Wildfire war. Der Kerl ist so furchtbar."

Mama schüttelte resigniert den Kopf. „Okay, ich versuch's", meinte sie. „Aber einer von euch sollte zusehen, dass er Charlie auftreibt. Sollte der Bursche auf mich auch nicht hören, kann ihn vielleicht Charlie zur Vernunft bringen."

„Das mache ich!", bot sich Jon sofort an „Cleo ist ganz wild darauf, sich zu bewegen, deshalb werden wir beide ihn am schnellsten erreichen."

Ich warf ihm einen dankbaren Blick zu. Rusty hätte ich heute keine weiteren Anstrengungen mehr zumuten wollen. Ehrlich gesagt war auch ich selbst inzwischen ziemlich fertig, und das nicht nur wegen meiner Verletzung. Ich spürte jeden einzelnen Muskel und war hundemüde. „Danke dir."

Jon nickte. „Also, dann bis gleich!"

Kestrel, Mama und ich ritten in flottem Trab zu dem Ranchhaus zurück. Rusty zuliebe hätte ich zwar lieber ein etwas gemächlicheres Tempo vorgelegt, aber es ließ sich nicht ändern. Jede Sekunde, die verrann, gab dem schrecklichen Kerl mehr Zeit, Wind Dancer und Crescent Moon irgendwo zu verstecken. Und obwohl ich die Pferde dank meines besonderen Talents in jedem Fall aufspüren könnte, musste ich mich an die Spielregeln halten, solange Mama bei uns war. Sie durfte ja nichts davon ahnen. Und das bedeutete: Ich musste meine Pferdeantennen einfahren. Das stank mir zwar gewaltig, aber alles andere hätte nur Ärger bedeutet.

Als wir endlich durch die Tore kamen, war schon viel zu viel Zeit verstrichen. Die Ranch machte einen völlig verlassenen Eindruck. Das Pferchgatter baumelte immer noch schief an dem einen Scharnier, und der Lastwagen stand mit der Pritsche zur Laderampe hin. Ich hoffte, dass das Gewehr sich immer noch im Fahrerhaus befand – sicher weggeschlossen.

Auf einmal hörten wir ein Bellen, und der große schwarze Hund kam schwerfällig die Verandatreppe heruntergetapst. Seinem kugelrunden Bauch nach zu urteilen war er total vollgefressen. Ich warf Kestrel einen kurzen Blick zu, und sie grinste mir verschwörerisch zu.

„Braver Junge, Rülpsi!", rief sie dann. Der Hund erkannte sie und kam schwanzwedelnd auf sie zugetrottet, wobei ihm die Zunge aus dem Maul hing. Selten hatte ich einen Hund so glücklich und zufrieden dreinschauen sehen.

„Rülpsi?" Ich konnte mir die Frage nicht verkneifen.

„Sei froh, das wir ihn nur so getauft haben. Der hat auch vom entgegengesetzten Ende her die tollsten Geräusche produziert", erwiderte Kestrel.

„Muss ja ganz schön spaßig gewesen sein."

Kestrel rümpfte die Nase. „Das kannst du dir gar nicht vorstellen."

Dann öffnete sich die Tür, und der Alte trat auf die Veranda heraus, gefolgt von seinen drei Söhnen. Meine Heiterkeit verflog schlagartig. Die vier sahen noch fieser und niederträchtiger aus als vorher, was ich nie für möglich gehalten hätte.

Der Alte kam breitbeinig die Stufen herab, und seine eiskalten Augen fixierten uns. In ihnen loderte der blanke Hass. Seine Söhne versuchten es ihm gleich zu tun. Als der Jüngste in pseudo-männlicher Manier die Stufen herunterkam, hätte ich fast losgelacht. Seine Knie waren viel zu weit auseinander, und er watschelte wie eine Ente.

„Wem verdanke ich das Vergnügen?", fragte uns der Alte, als er direkt vor uns stand. Seine Worte klangen höflich, aber es bestand kein Zweifel daran, welche Drohung dahinter steckte.

„Die Mädchen hier behaupten, dass Sie einige Mustangs hier widerrechtlich gefangen halten."

„Hier gibt's keine Mustangs", knurrte er.

„Sicher gibt es die!", warf Kestrel ein.

Nun forderte auch Mama: „Wir wollen sie sehen."

„Ich sagte doch bereits, hier gibt's keine Mustangs", wiederholte der Alte und verschränkte die Arme.

Ich warf Kestrel einen Blick zu und hob eine Augenbraue. Sie nickte – und dann fing sie an, ohne Punkt und Komma auf den Mann einzureden. Ich bin nicht sicher, über was sie alles schwadronierte, weil ich mich sofort auf meinen Pferderadar konzentrierte.

Ich konnte sofort Kontakt aufnehmen mit Wind Dancer und ihrem Fohlen. Seltsamerweise kamen ihre Signale weder aus dem heruntergekommenen Schuppen, noch aus der Nähe der Pferche, sondern aus Richtung der alten Holzhütten weiter hinten an der Umzäunung. Ein kurzer Blick dorthin sagte mir jedoch, dass sie sich unmöglich dort befinden konnten. Die Holzhütten waren verfallen, manche hatten schon gar kein Dach mehr. Darin könnte man einen Mustang keine Minute gefangen halten, besonders nicht in vollständiger Dunkelheit. Und das, so spürte ich ja, umgab die beiden gerade. Sie sahen überhaupt nichts, um sie herum war es stockdunkel. Wie in einer tiefen Höhle.

Crescent Moon stand wie zu Eis erstarrt, die Beinchen gespreizt und den Kopf zu Boden gesenkt, als hätte sie Angst, sie könnte jeden Moment in einen Abgrund stürzen. Wind Dancer tastete sich vorsichtig voran, sie machte ein paar Schritte hierhin, ein paar Schritte dorthin. Ihr Geruchssinn führte sie vorwärts, während sie an dicken Spinnweben hängen blieb und ab und zu gegen irgendein unbekanntes Objekt stieß. Sie versuchte frische Luft zu erschnuppern in der Hoffnung, einen Ausweg für sich und ihre Kleine zu finden.

Ich lenkte Rusty in ihre Richtung.

„Evy?" Mama schaute mir verwundert nach. „Wo willst du denn hin?"

Ich drehte mich im Sattel um, ließ Rusty aber dabei weitergehen. „Sie sind da drüben", erwiderte ich.

„Nur zu. Schau dich um, wo du willst. In der Hütte wirst du absolut nichts finden."

Ich ließ Rusty um die Hütten herumgehen.

„Halt, Moment!", rief der Alte da auf einmal.

Rusty begann zu traben. Hinter den Hütten war nichts zu sehen, außer einem Grashügel und dem rückwärtigen Teil der Pferchumzäunung. Dahinter erstreckte sich der dunkle Wald, dicht und unberührt. Gab es zwischen den Bäumen vielleicht noch ein weiteres Gebäude? Rusty ging den Grashügel hinauf. Oben brachte ich ihn kurz zum Stehen und spähte in das dunkle Astwerk. Aber da war nichts Verdächtiges zu erkennen – keine Lichtreflexion auf einer Holzplanke, keine Hufspuren, nicht mal eine plattgewalzte Stelle. Hatte mich mein Pferderadar diesmal in die Irre geführt? Aber daran mochte ich nicht glauben. Die beiden Mustangs mussten sich in allernächster Nähe befinden, da war ich mir ganz sicher. Fast kam es mir so vor, als müsste ich nur den Arm ausstrecken, um sie zu berühren.

Da kamen der Alte und seine Söhne mit wild wedelnden Armen auf mich zugestürmt, und auf einmal wirkten sie weitaus weniger gelassen als noch vor wenigen Minuten. Das war der eindeutige Beweis, dass ich richtig lag. Warum würden sich die Typen so aufregen, wenn ich nicht buchstäblich auf den Mustangs hocken würde?

Und dann ging mir endlich ein Licht auf. Ich hockte tatsächlich auf ihnen. Das einzig Auffällige in der Gegend hier war dieser Grashügel. Das musste ein ehemaliger Rübenkeller sein. Manchmal hatten die Farmer früher große Löcher in den Boden gebuddelt, um dort Gemüse, Obst oder sonst was einzulagern. Das Ganze wurde dann anschließend mit Erde zugedeckt.

Ich brauchte also nur den Eingang zu finden, ihn irgendwie aufzukriegen und die beiden Mustangs herauszulassen.

Aber inzwischen hatten die Männer uns eingeholt und waren fuchsteufelswild. Also hatte ich keine Zeit, um nach einem Eingang zu suchen oder ihn gar, wenn ich ihn denn gefunden hatte, zu öffnen.

Mama und Kestrel kamen den Männern nachgeritten. Mama schaute mich leicht entgeistert an. Das alles musste ja auch ziemlich merkwürdig auf sie wirken: Erst ritt ich mitten im Gespräch auf und davon und stellte mich dann oben auf einen Grashügel. Nur Kestrel schaute ganz normal, als wüsste sie genau, was mich hierher getrieben hatte. Als sie den Grashügel sah, hatte sie wahrscheinlich gleich kapiert, wo die Mustangs waren.

Der Alte verschränkte die Arme vor der Brust und wandte sich an meine Mutter. „Ich möchte, dass Sie und diese Bälger unverzüglich mein Grundstück verlassen."

Mama starrte zurück und sagte keinen Ton, aber ich wusste genau, was in diesem Moment in ihr vorging. Ihre Kiefermuskeln spannten sich an, und ihre Augen verengten sich. Kein Zweifel, sie schäumte vor Wut. Bisher war sie ihm gegenüber sehr höflich gewesen, fast zurückhaltend. Aber jetzt hatte es sich der Alte ein für allemal mit ihr verscherzt: Er hatte mich und Kestrel als „Bälger" bezeichnet. Tja, das war ein Fehler gewesen. Ich konnte mich jetzt gewissermaßen zurücklehnen und ihr die Bühne überlassen.

„Wenn meine Tochter sagt, dass sich auf dieser Ranch Mustangs befinden, dann sind hier auch Mustangs", fuhr sie den Alten an. „Und ich erwarte von Ihnen, dass Sie sich wie ein erwachsener Mann benehmen und nicht wie ein dämlicher Feigling versuchen, uns hier die Geschichte vom Pferd zu erzählen. Geben Sie es einfach zu!"

„Hören Sie, ich ..."

„Diese Mädchen würden mich niemals anlügen. Die beiden gehören zu den ehrlichsten Menschen, die ich kenne. Sie hingegen ... ich habe die Stute gesehen, die Evy letztes Jahr mit nach Hause gebracht hat. Sie hatte eine furchtbare Angst vor Menschen, sie ließ kaum jemanden in ihre Nähe."

„Aber ich ..."

Ich konnte mir kaum das Lachen verkneifen. Der Kerl hatte ja keine Ahnung, wie lange solche Standpauken bei meiner Mutter dauern konnten. Und es gab kein Entrinnen.

„Ich hätte bereits damals zum Tierschutzbund gehen und die Sache zur Anzeige bringen sollen", fuhr Mama fort. Ihre Stimme klang scharf wie ein Rasiermesser. „Ich weiß wirklich nicht, warum ich das nicht auf der Stelle getan habe. Aber eines kann ich Ihnen versichern: Wenn Sie diese Mustangs nicht sofort herausrücken, dann werde ich die Behörden unverzüglich darüber informieren, wie Sie mit Tieren umgehen."

„Jetzt warten Sie mal ..." Der Alte streckte abwehrend die Hände vor, um ihren Redeschwall zu unterbrechen.

„Und noch etwas: Was haben Sie diesen Mädchen hier

angetan, dass sie so aufgewühlt waren? Haben Sie sie etwa bedroht? Ich kann für Sie nur hoffen, dass Sie es nicht gewagt haben, die beiden auch nur anzurühren. Hat er dich angerührt, Evy? Was hat er zu dir gesagt?"

Ich sah, wie der Alte allmählich sichtlich nervös wurde. Ich sah ihn an und zog fragend eine Augenbraue hoch. Sollte ich's sagen?

„Vielleicht sollte ich ja am besten gleich die Polizei rufen", sagte Mama, ohne meine Antwort abzuwarten. „Die werden der ganzen Angelegenheit dann schon auf den Grund gehen."

„Ich bitte Sie, warum denn diese Eile?"

„Eile? Sie wollen wissen, was ich unter Eile verstehe? Ich gebe Ihnen zwei Sekunden Zeit, um mir zu sagen, ob sich auf diesem Grundstück Mustangs befinden. Nicht mehr. Zwei Sekunden – oder ich reite von hier aus unverzüglich zur nächsten Polizeistation." Ihr Arm schoss nach vorne und ihr Zeigefinger wies auf Rustys Hufe. „Und jetzt haben Sie genau noch eine Sekunde übrig, um zuzugeben, dass sich die Mustangs da unten in diesem alten Rübenkeller befinden, den Evy offenbar so interessant findet."

Ich konnte mich nicht länger beherrschen und platzte laut heraus vor Lachen. Weiter so, Mama!

„Wie viel geben Sie mir?"

„Wie meinen Sie das?"

„Es ist nicht illegal, wilde Pferde einzufangen und sie zu schulen. Aus der Stute könnte eines Tages ein gutes Reitpferd werden."

„Er wird sie nicht schulen, Mama", warf ich ein. „Er wollte sie wie die anderen an den Schlachthof verkaufen."

„Aber das ergibt doch überhaupt keinen Sinn", sagte er, nun an mich gewandt. „So eine Fuhre lohnt sich doch überhaupt nicht. Gerade mal zwei Tiere! Nein, ich werde sie zureiten und dann verkaufen."

Auf einmal glaubte ich ihm das sogar. Ich konnte es in seinen Augen sehen. Er wollte Wind Dancer wirklich behalten, damit er sie zureiten konnte, und zwar auf seine Art – also mit Gewalt, wie er es bei Wildfire versucht hatte. Wahrscheinlich würde es ihm sogar noch Spaß machen, seine Launen an einem unschuldigen Pferd auszulassen.

„Evy?"

Ich schaute Mama an.

„Ich gebe Ihnen fünfhundert Dollar für die beiden", sagte Mama. Sie hatte meinen Gesichtsausdruck sofort richtig gedeutet.

Der Alte lachte hämisch auf. „Zweitausendfünfhundert", sagte er. Seine Söhne standen hinter ihm und grinsten dreckig.

„Das sind sie doch gar nicht wert", erwiderte Mama empört.

„Nein, sind sie nicht", pflichtete der Alte ihr bei.

„Eintausend", schlug Mama vor. „In bar."

Mein Mund klappte herunter. Hatte sie denn überhaupt so viel Geld bei sich?

„Zweitausendfünfhundert."

„Tausendzweihundertfünfzig."

„Zweitausendfünfhundert." Der Alte schüttelte den Kopf, und auf seinem Gesicht breitete sich ein widerwärtiges selbstgefälliges Grinsen aus.

„Tausendfünfhundert."

Er schüttelte den Kopf.

„Tausendsiebenhundert", sagte Mama schließlich. „Das ist mein letztes Wort. Keinen Cent mehr." Um ihre Entschlossenheit zu unterstreichen, lenkte sie Cocoa ein paar Schritte zurück, als würde sie sich darauf vorbereiten wegzureiten. „Und ich sage Ihnen eins: Es mag nicht illegal sein, Mustangs einzufangen, um sie einzureiten. Aber es ist illegal, sie grausam zu behandeln. Sie haben sie in diesem Rübenkeller eingesperrt, und das erfüllt eindeutig den Tatbestand der Tierquälerei."

Plötzlich verschwand das hämische Grinsen aus dem Gesicht des Alten.

„Und ich werde bezeugen, dass Sie nicht nur diese zwei, sondern eine ganze Herde Mustangs hier hatten", warf ich ein.

„Genau", stimmte Kestrel zu. „Und dass Sie gewalttätig waren, und nicht nur den Pferden gegenüber."

„Was meinst du damit, Kestrel?", wollte Mama wissen. Ihre Stimme klang kalt wie Eis.

„Okay, tausendsiebenhundert", sagte der Mann auf einmal.

„Evy, was hat Kestrel damit gemeint?"

Jetzt saß ich in der Tinte. Ich konnte nicht schwindeln, wegen Rusty. Ich konnte Mama aber auch nicht erzählen, dass die Burschen Kestrel und Jon in dem Ranchhaus eingesperrt hatten, oder dass der Alte mich aus dem Sattel gezerrt hatte. Wenn ich das täte, würde sich Mama wie eine Löwin auf den Mann stürzen, und das konnte gefährlich werden. Aber dann fiel mir etwas ein. „Er ist grausam zu seinem Hund. Du hast ja vorhin gesehen, dass der arme Kerl sich kaum mehr bewegen kann."

Rusty schlug mit dem Schweif aus, aber mehr tat er

nicht. Vielleicht hatte er begriffen, dass ich nur versuchte, diese extrem heikle Situation nicht aus dem Ruder laufen zu lassen. Kestrel gab mir ein winziges anerkennendes Zeichen, aber so, dass Mama es nicht sehen konnte.

„Gut, also kommen Sie zurück, sobald Sie das Geld bar in der Hand haben", sagte der Alte. Er empfand sich inzwischen wieder als Herr der Lage. „Und wenn Sie Glück haben, habe ich bis dahin meine Meinung nicht geändert."

Mama zog einen Umschlag aus ihrer Satteltasche. „Ich kann Ihnen das Geld auch gleich geben."

Dem Mann fielen buchstäblich die Augen aus dem Kopf, als Mama ein dickes Geldbündel aus dem Umschlag zog. Ganz langsam kam er näher an sie heran und wollte nach dem Geld greifen.

Aber Mama, die oben im Sattel saß, zog es sofort aus seiner Reichweite. „Erst lassen Sie die Pferde frei."

„Wollen Sie denn kein Halfter?"

„Dreimal dürfen Sie raten", gab sie zurück – in einem Tonfall, der so viel bedeutete wie „Was sind Sie doch für ein Idiot. Sie begreifen ja wirklich gar nichts."

Der Alte zuckte mit den Schultern und gab einem seiner Söhne ein Zeichen. Während der eilig um den Grashügel herumging, stellte ich mich mit Rusty neben Mama und Kestrel.

Rostige Scharniere quietschten, und gleich darauf erscholl ein lautes „He!"

Wind Dancer kam hinter dem Grashügel hervorgeschossen, voller Energie und mit kraftvollen Bewegungen. Mama war von diesem Anblick total beeindruckt. Sie legte sich eine Hand aufs Herz und schnappte regelrecht nach Luft. Eine Sekunde später kam Crescent Moon

hinterher. Sie blinzelte in das plötzlich so helle Licht und prallte dann im vollen Lauf gegen ihre Mutter, die jäh stehen geblieben war, um uns misstrauisch zu fixieren. Einen Moment später preschten die beiden davon.

Geldscheine flogen durch die Luft wie fallende Herbstblätter. Dann stopfte Mama den Umschlag zurück in ihre Satteltasche und lenkte Cocoa in Richtung des Ranchtors, dicht gefolgt von Kestrel und mir. Ich schaute mich nur ein einziges Mal um und sah, wie der Alte das Geld aus dem Matsch zusammensammelte, während seine Söhne die vom Wind davongewehten Scheine zu fangen versuchten.

Wir galoppierten Wind Dancer und ihrem Fohlen hinterher. Die beiden hatten natürlich Angst vor uns, so dass wir sie leicht durch das Gatter treiben konnten. Auf dem Waldweg rannten sie in die gleiche Richtung los, in die auch die anderen Mustangs vorher verschwunden waren.

Mama, Kestrel und ich brachten unsere Pferde zum Stehen und sahen ihnen nach. Ich versuchte, mit Twilight Kontakt aufzunehmen. Ob sie in Reichweite war? War sie schon auf dem Weg zurück zu mir?

Wind Dancer und Crescent Moon sind unterwegs zu euch, teilte ich ihr mit.

Twilights Antwort ließ nicht lange auf sich warten:
Ich bringe sie zu den anderen Pferden.
Sehen wir uns später zu Hause ... bei uns?
Ja.

Vor Freude und Erleichterung hätte ich fast geweint. Ich weiß, dass es dumm von mir war, mir so viele Gedanken darüber zu machen, aber Twilight und ich kämpften nun schon eine ganze Weile um das Gebissstück. Ich wusste, dass sie meine Versuche gründlich satt hatte. Es hätte mich jedenfalls nicht gewundert, wenn sie beschlossen hätte, sich in der freien Wildnis eine Auszeit zu gönnen und mich eine Weile los zu sein.

Auf einmal hörte ich Hufgetrappel hinter uns. Ich riss mich von meinen Gedanken los und schaute mich um. Ah, Charlie und Jon! Beide sahen sehr besorgt drein, als sie auf uns zugaloppiert kamen

„Ich rede mit den Burschen", sagte Charlie, nachdem wir ihm alles erzählt hatten. „Aber sagen Sie mir: Wie viel hat er für die beiden Pferde verlangt?"

„Das spielt keine Rolle. Sie sind frei und in Sicherheit, das ist das Wichtigste", erwiderte Mama mit fester Stimme.

Charlie nickte und akzeptierte damit ihre Entscheidung, die Summe für sich zu behalten. „Und ich werde dafür sorgen, dass das auch so bleibt. Ich werde ab jetzt ein scharfes Auge auf Spriggs haben."

Aha, so hießen der Alte und seine widerwärtigen Söhne also mit Nachnamen. Spriggs. Na, den Namen würde ich mir merken.

Charlie lenkte seinen großen Rotfuchs durch das Ranchtor.

„He, Charlie!"

Er drehte sich nach mir um.

„Macht es dir was aus, für uns einen Kaufbrief für die beiden Pferde zu verlangen? Und vielleicht auch noch einen für Wildfire, die ich ihm letztes Jahr abgekauft habe? Man weiß ja nie, vielleicht kann sowas irgendwann mal ganz nützlich sein."

Charlie nickte.

Ich warf einen Blick zum Ranchhaus hinüber. Spriggs stand mit verschränkten Armen auf der Veranda. Rülpsi lag schlafend zu seinen Füßen, anscheinend immer noch völlig fertig von seiner Fressorgie. „Sollen wir auf dich warten?", fragte ich.

„Nicht nötig. Reitet ihr schon mal zurück! Ich habe gehört, dass euch ein toller Preis winkt", meinte Charlie zwinkernd. Dann ritt er auf den Hof in Richtung der Veranda.

„Ein Preis? Was denn für ein Preis?", wollte Mama natürlich sofort wissen.

„Ach ... ähm ... davon wollte ich dir gerade erzählen", stammelte ich.

„Gibt's da etwas, das ich wissen sollte?"

Warum war sie denn immer so misstrauisch? „Gar nichts. Ich hab nur an einem Wettkampf teilgenommen, das ist alles."

„Ah, beim Barrel Race! Hast du es wieder gewonnen?" Auf einmal klang sie wieder ganz fröhlich, fast stolz auf mich.

„Naja ... nicht ganz ... ich meine, ich ..."

Kapitel 7

Es dauerte eine Weile, bis wir Mama alles erklärt hatten, und obwohl wir ihr alles schon während des Ritts zurück zu der Rodeoveranstaltung erzählten, kamen wir leider zu spät an, um noch an den Gymkhana-Spielen teilzunehmen. Sowieso war ich viel zu erschöpft dazu.

Mama hielt sich im Hintergrund, während ich das Preisgeld abholte, das ich beim Downhill Mountain Race gewonnen hatte. Sie ist unglaublich menschenscheu. Als ich das Geld hatte, traf ich sie hinter dem Gemischtwarenladen und drückte es ihr in die Hand. Sie hielt es fest, stumm und mit einem sehr nachdenklichen Gesichtsausdruck. „Du musst mir das Geld nicht geben, Evy. Du kannst es gern für dich behalten."

„Nein, ich will das so, Mama. Wirklich."

Sie zögerte immer noch. „Liebes, für uns zu sorgen ist nicht deine Aufgabe", sagte sie sanft.

„Aber das hier deckt doch kaum, was du gerade ausgegeben hast, um die beiden Pferde zu retten", beharrte ich eifrig.

„Doch, es sind sogar fünfzig Dollar mehr. Behalte die doch wenigstens."

Ich schüttelte den Kopf. „Ich möchte meinen Teil zu unserem Unterhalt beitragen. Ich bin doch schließlich kein kleines Kind mehr."

„Nein, das bist du wirklich nicht." Widerwillig steckte Mama das Geld ein.

„Na, das war ja ein richtiger Glücksfall, dass du zufällig so viel Geld bei dir gehabt hast", sagte ich und hoffte, ihr mit dieser Frage die eine oder andere Information zu entlocken.

Sie zog sich den Anorak aus und erwiderte nichts. Vielleicht, wenn ich etwas nachhakte ...? „Wie kam das eigentlich? Du trägst doch sonst nicht so viel Geld mit dir herum. Was hattest du denn überhaupt in der Stadt zu tun gehabt?"

„Ich musste jemanden wegen einer Sache treffen," sagte sie und hielt mir ihren Anorak entgegen.

Also, das verriet mir ja nun gar nichts. „Hast du deine Frühlingsbilder verkauft?"

Mama nickte. „Eins davon wurde verkauft", sagte sie. Na, endlich rückte sie doch wenigstens mit ein bisschen was heraus.

„Aber du hattest doch weniger als zweitausend Dollar dabei, und deine Bilder sind doch viel mehr wert!"

Mama wedelte auffordernd mit ihrem Anorak. „Ich nehme deine dreckige Jacke", sagte sie heiter, womit sie meine Frage einfach ignorierte. „Du kannst stattdessen meine anziehen."

Diese aufgesetzte Heiterkeit kannte ich bei ihr bereits. Sie machte dann immer auf betont mütterlich. Aber diesmal war ich richtig glücklich darüber, denn viel zu lange hatte ich sie nur mit düsterer Miene herumlaufen sehen.

„Danke", sagte ich und zog meinen lehmverschmierten Anorak aus. Meine Jeans waren genauso schmutzig, und auch in meinen Haaren klebte Lehm. Das war mir im Moment jedoch ziemlich egal.

Mama band meinen Anorak hinter ihrem Sattel fest. „Also, dann bis später", sagte sie und trieb Cocoa an. „Und nicht vergessen, vor Einbruch der Dunkelheit bist du zu Hause, okay?"

„Okay." Ich winkte ihr nach, und sie winkte zurück, dann sah ich sie wegreiten. Irgendwie war ich leicht frustriert. Wovor wollte sie mich eigentlich schützen? Vor dem Wissen, dass ihre Vergangenheit möglicherweise mit Gefahren verbunden gewesen war? Das ahnte ich bereits. Davor, dass wir Angehörige in Vancouver hatten, einschließlich einer furchteinflößenden Großmutter? Wusste ich schon. Hatte sie Angst, dass ich herausfinden könnte, wer Tristan war, dessen Name auf der geheimnisvollen Geburtsurkunde stand? Okay, also da war ich noch nicht weitergekommen. Und ich wusste auch nicht, mit wem sie sich heute in der Stadt getroffen hatte. Ich konnte mir höchstens zusammenreimen, dass diese Person einen Teil des Geldes aus dem Verkauf ihres Bildes bekommen hatte. Und ich fragte mich, wie so oft, ob diese Person womöglich ein Privatdetektiv war.

Langsam ritt ich zum Rodeogelände zurück. Nachdem ich mir am Flussufer notdürftige den gröbsten Dreck abgewaschen hatte, hing ich noch ein bisschen mit Kestrel und Jon herum. Viel gab es jetzt nicht mehr, was wir unternehmen konnten, außer herumzualbern, etwas zu essen und Rusty eine Ruhepause zu gönnen, bevor es zurück nach Hause ging.

Nachdem ich Rusty abgesattelt und ihm einen Wassereimer hingestellt hatte, gesellte ich mich zu Jon und Kestrel. Auf einmal merkte ich, wie hungrig ich eigentlich war. Komisch, dabei hatte ich doch nur einen halsbrecherischen Wettkampf gewonnen, war von Schurken entführt worden und hatte eine Herde Wildpferde vor dem Schlachthof gerettet. Na ja, sowas machte anscheinend hungrig.

Wir ließen es uns in einem der Imbisszelte so richtig gut gehen. Danach war ich satt bis obenhin und konnte mich kaum mehr rühren. Bei dieser Gelegenheit erfuhr ich endlich von Kestrel und Jon, wie sie Rülpsi mit Unmengen von Futter bestochen hatten, wie sie aus dem Haus entkommen und Cleo und Twitchy hinterhergejagt waren.

Und ich erzählte ihnen, wie ich den Lastwagen heimlich zugesperrt und dafür gesorgt hatte, dass sich die Mustangs in den vielen Einzelpferchen verteilten, während Twilight das Gatter zum Ranchhof öffnete.

„Du meinst, sie wusste, dass sie sich anschleichen und das Gatter öffnen soll?"

„Ähm, ja. Sie ist ziemlich helle, weißt du."

„Und dann lief sie mit den Mustangs davon."

„Ja." Ich würde den Teufel tun und ihm erzählen, dass sie zurückgekommen war, um Wind Dancer und Crescent Moon zu ihrer Herde zurückzubegleiten.

„Aber woher weißt du das? Ich meine, vielleicht ist sie einfach fortgelaufen. Du kannst doch gar nicht wissen, wohin sie die Mustangs begleitet hat.

Gutes Argument. „Na ja, ich hab's mir halt so gedacht."

„Ich bin mal kurz weg", sagte Kestrel unvermittelt. Sie erhob sich und lief jemandem entgegen, der ihr aus der Ferne zugewinkt hatte.

Einige unerträgliche Momente lang herrschte Stille, während ich verzweifelt versuchte, irgendetwas Geistreiches zu sagen. Aber mir fiel einfach nichts ein.

„Du kannst echt gut mit Pferden umgehen", meinte Jon schließlich.

„Ach, halb so wild", erwiderte ich und war plötzlich total verlegen.

Unsere Augen trafen sich. Jon wurde rot. Ich schaute auf meinen leeren Pappteller.

Jon räusperte sich.

„Sollen wir mal nach Rusty und Cleo sehen?"

„Gute Idee", sagte ich erleichtert. Wenn Rusty in meiner Nähe war, fühlte ich mich immer gleich wohler. Ich stand auf und atmete ein paar Mal tief durch, während meine Bluse an meinen schmerzenden Rippen rieb.

„Alles in Ordnung mit dir?"

„Ja, ja", sagte ich und nickte. „Einer der Mustangs hat mich angerempelt. Tut noch ein bisschen weh." Warum sollte ich ihm groß erzählen, dass der scharfe Huf an meinen Rippen entlanggeschrammt war und ich wohl eine ordentliche Prellung hatte. Ich meine, das war ja nicht gerade ein angenehmes Thema, das mich irgendwie attraktiver für ihn machte.

Rusty begrüßte uns mit einem freundlichen Wiehern. Die Ruhepause hatte ihm gutgetan.

„Dieser Bursche ist echt ein bemerkenswertes Pferd", meinte Jon und fuhr mit der Hand über Rustys Nüstern.

„Ja, das ist er. Schade, dass du nicht das ganze Rennen

gesehen hast. Einmal versuchte ihn so ein hellbrauner Wallach abzudrängen, aber er ..." Schon waren wir wieder mitten im Gespräch. Ich brauchte mir keine Gedanken mehr darüber zu machen, was ich sagen sollte, es floss einfach aus mir heraus. Einen einzigen stummen Moment gab es jedoch, als ich Rustys Mähnenhaare ordnete und Jon kurz meine Hand berührte. Ich empfand diese Berührung wie einen kleinen elektrischen Stromschlag und ich glaube, ihm ging es genauso, denn er hörte mitten im Satz auf zu reden und sah mir in die Augen.

Keine Frage. Er mochte mich.

„Meinst du, du könntest Twilight mal besuchen kommen?", fragte ich. Ich fühlte mich ein bisschen wie in Trance. „Ich bin dabei, ein wenig mit ihr zu arbeiten, und vielleicht kannst du mir ja dabei helfen."

„Ich komme nächste Woche gerne mal zu euch raus", versprach er und schaute mich mit seinen tiefblauen Augen direkt an.

„Hey!" hörte ich es von hinten. Kestrel war zurückgekommen und hakte sich fröhlich bei mir ein.

Die restliche Zeit verbrachten wir gemeinsam mit Reden und Herumalbern, bis Kestrel und ich uns schließlich auf den Heimweg machten. Nach einer Weile schaute ich mich im Sattel um und freute mich, als ich sah, dass Jon uns immer noch hinterherschaute. Als ich ihm zuwinkte, winkte er zurück.

„Also los, erzähl schon! Ich will alles genau wissen." Typisch Kestrel. Sie redete niemals um den heißen Brei herum. „Und zwar ganz von Anfang an. Also was mit den Mustangs passiert ist, bis zum Happy End."

„Was für ein Happy End?"

Kestrel grinste. „Na, das zwischen dir und Jon natürlich. Die paar Minuten mit Christy waren die Hölle. Die blöde Kuh quatscht ständig nur über sich selbst und erzählt jedem, wie cool und hip sie ist und so. Ätzend. Aber ich hab mich für dich geopfert, damit ihr wenigstens kurze Zeit allein miteinander verbringen konntet."

„Also gut, von Anfang an ..."

Zum Glück hatte ich Kestrel so viele aufregende Dinge zu berichten, dass sie gar nicht mehr dazu kam, sich nach meiner Mutter zu erkundigen. Ich wollte noch nicht darüber reden, sondern erst noch ein wenig über die ganze Sache nachdenken und mir ein klareres Bild verschaffen. Als wir am Eingangstor zur Ranch von Kestrels Eltern angekommen waren, verabschiedeten wir uns, und ich ritt mit Rusty nach Hause.

Als wir daheim ankamen, ging gerade die Sonne unter. Der Himmel schimmerte rötlich und golden. Cocoa stand grasend auf der Weide neben dem Stall, ihr Fell glänzte im Abendrot. Alles war herrlich friedlich.

Als Rusty und ich auf den Hof kamen, erhob sich Loonie schwerfällig von ihrem Ruheplatz, während Rascal sofort auf uns zugeschossen kam. Ausgelassen sprang er neben Rusty auf und ab. Er konnte einen echt zum Lachen bringen!

Nun kam auch Mama aus dem Haus und winkte mir von der Veranda aus zu. Ach, es war ein wunderbares Gefühl, dass wir wieder alle beisammen waren. Aber wo war Twilight? Ich schaltete meinen Pferderadar ein. Ja, sie war auch da, unten am Seeufer. Mir wurde ganz warm ums Herz, als Rusty mit federndem Gang auf den Stall zulief. Anscheinend hatte er schon wieder Kräfte gesammelt.

Und dann kam Twilight um unser Haus herum angetrabt. Ich spürte, dass sie ein tiefes Gefühl der Zufriedenheit durchflutete und sie sich eins mit der Welt fühlte. Da wusste ich sofort, dass Wind Dancer, Crescent Moon und die anderen Mustangs in Sicherheit waren. Einige von ihnen hatten vielleicht noch einen weiten Weg vor sich, bis sie wieder zu Hause waren, aber sie waren alle am Leben. Und frei. Das war die Hauptsache.

Im Stall nahm ich Rusty den Sattel ab und sah zu, dass mir dabei nichts in die Rippen stieß. Von der Last befreit, fühlte sich Rusty gleich viel besser, und er dehnte sich behaglich. Ich legte das schwere Ding ab und massierte ihm den Rücken. Weil ich spüren konnte, was er empfand, wusste ich genau, wo es ihm weh tat und an welchen Stellen eine Massage besonders angenehm für ihn war. Während meine Finger sanft seine Muskeln kneteten, vergingen allmählich auch meine eigenen Schmerzen.

Twilight wartete fast eine Viertelstunde, bevor sie anfing, mich an ihr Abendessen zu erinnern. Zuerst seufzte sie ungeduldig, dann wurde sie etwas nachdrücklicher und stampfte mit den Hufen. Schließlich stupste sie mich energisch an der Schulter. Auch Cocoa hob bereits erwartungsvoll den Kopf. Sobald wir im Stall verschwunden waren, war sie von der Weide herübergekommen, wohl wissend, dass es früher oder später etwas zu Futtern geben würde. Als sie Twilights Ungeduld mitbekam, wusste sie, dass es jetzt nicht mehr lange dauern konnte.

„Du alte Nervensäge", sagte ich zu meiner Stute und kraulte ihre Stirnlocke. Twilight wieherte mich an und schmiegte ihr weiches Maul an meine Schulter, als wollte sie ihren frechen Stupser wieder gutmachen.

„Okay, dann wollen wir mal euren Hafer holen!" Ich hängte Rustys Zaumzeug und den Führstrick über den Sattelknauf und schleppte dann alles in die Futter- und Sattelkammer. Als ich die Futtereimer herausstellte, stand Twilight in der Stalltür und beobachtete aufmerksam jede meiner Bewegungen.

Ich wollte gerade nach der Vitaminmischung greifen, als ich bemerkte, dass sich hinter meinem Rücken etwas bewegte. Meine Güte, heute Abend war Twilight aber echt ungeduldig! Doch als ich mich umdrehte, hatte sie die Nase nicht etwa vorwitzig in einen Futtereimer gesteckt, um sich vorab ein paar Körner zu stibitzen, wie so oft. Stattdessen zerrte sie an ihrem Zaumzeug.

Meine Güte, hasste sie das Ding so abgrundtief, dass sie es zertrampeln wollte, selbst wenn es ganz harmlos in der Sattelkammer am Haken hing?

Das Kopfstück löste sich und fiel zu Boden. Twilight streckte einen Huf vor, hielt inne und beugte dann langsam den Kopf nach unten. Ganz vorsichtig packte sie das Gebissstück mit den Vorderzähnen und hob es vom Boden auf.

Was hatte sie vor?

Und dann übermittelte sie mir eine Empfindung, die so traurig war, wie ich sie noch nie von ihr empfangen hatte. Es war das Gefühl, das sie empfand, wenn sie sich in einer furchteinflößenden oder lebensgefährlichen Situation befand und ich das nicht mitbekam, weil ich meinen Pferderadar ausgeschaltet hatte.

Einsam. Verlassen. Wie ausgesperrt.

Ich legte die Vitaminpackung ab und eilte zu ihr. Sie ließ das Gebissstück in meine Hand fallen und öffnete mit einem Ausdruck höchsten Widerwillens das Maul. Sie wollte lernen, wie das mit diesem Teil funktionierte, damit wir uns immer miteinander verständigen konnten. Auch dann, wenn es mithilfe von inneren Bildern oder Gedanken mal nicht möglich sein sollte.

Mir traten Tränen in die Augen und ich schlang meine Arme um ihren Hals. Sie war wirklich etwas ganz, ganz Besonderes. Ein wunderbares Wesen und so hingebungsvoll. Offenbar hatte sie mich so lieb, dass sie bereit war, über ihren Schatten zu springen, nur damit wir beide immer in Kontakt bleiben konnten.

Und ich hatte sie so lieb, dass ich beschloss, sie niemals mehr mit diesem Ding zu behelligen, das ihr doch so zutiefst zuwider war.

Ich habe eine bessere Idee, teilte ich ihr mit.

Ich hängte das Zaumzeug wieder an seinen Haken und holte ihr Halfter, das immer noch um Rustys Sattelknauf hing. Warum hatte ich nicht schon viel früher daran gedacht? Ich klinkte den Führstrick aus, dann machte ich die Zügel vom Zaumzeug ab und befestigte sie an dem Halfter.

Wir verwenden das hier, sagte ich und hielt ihr das Halfter vors Gesicht, mit einem Zügel rechts und links vom Nasenriemen. Die Leute würden es zwar ungewöhnlich finden, wenn ich sie nur mit einem Halfter ritt, aber das war mir ziemlich egal. Wichtig war nur, dass niemand auf die Idee kam, dass hier etwas nicht mit rechten Dingen zuging. Ein Pferd nur mit Halfter und Zügeln zu lenken war zwar unüblich, aber nicht unmöglich. Twilight würde dann halt einen besonders gut geschulten und gehorsamen Eindruck machen.

Ich grinste. Die Worte „Twilight" und „gehorsam" schienen irgendwie nicht zusammen zu gehören.

Als Twilight begriff, was ich meinte, war sie sofort damit einverstanden und schmiegte sich dankbar an mich. Ich ließ das Halfter fallen und streichelte ihr über die Nase. Einen Moment lang teilten wir ein Gefühl der innigsten Zuneigung füreinander.

Aber dann stupste sie mich energisch an. Schluss mit den Sentimentalitäten! Zeit fürs Abendessen.

Kapitel 8

Ein neuer Morgen brach an, und es versprach ein wunderschöner, sonniger Tag zu werden. Nachts hatte es ein wenig geregnet, und nun glänzte alles wie frisch gewaschen in der strahlenden Morgensonne.

Als ich zum Stall hinüberging, um nach den Pferden zu sehen, war Mama noch im Bett. Rascal dagegen war schon hellwach und tobte um meine Beine. Irgendwie war ich froh, dass meine Mutter noch nicht auf war. Sie hatte mich gestern wieder tierisch genervt mit ihrer üblichen Geheimniskrämerei, aber irgendwie hatte sich unsere Beziehung trotzdem gebessert. Die spontane Rettung der Mustangs und ihr, zumindest für ihre Verhältnisse, relativ normales Verhalten hatten viel dazu beigetragen. Ich weiß, das klingt jetzt vielleicht komisch, aber bis ich Mama gestern wieder ein wenig als sie selbst erleben konnte, war mir gar nicht richtig bewusst gewesen, wie stark mich ihr schwermütiges Verhalten eigentlich belastet hatte. Sollte sich das alles wieder in nichts auflösen, dann wollte ich diesen Moment so lange wie möglich hinausschieben.

Als ich den Stall betrat, fand ich Rusty tief und fest schlafend in seiner Box. Ich ging in die Futter- und Sattelkammer und bereitete so geräuschlos wie möglich die morgendliche Futterration vor. Aber als ich wieder herauskam, reckten mir alle drei Pferde schon erwartungsvoll die Hälse entgegen.

Während Twilight und Cocoa sich sofort gierig über ihr Frühstück hermachten, senkte Rusty seinen Kopf nur ganz langsam. Als er mühsam auf den Futtereimer zuging, taten mir alle Muskeln weh. Der arme Kerl.

Kein armer Kerl.

Ups!

Ich striegelte den drei Pferden sorgfältig das Fell. Für Rusty nahm ich mir besonders viel Zeit, um seinen Muskelkater etwas zu lindern. Ich glaube, der gleichmäßigkreisende Druck der Bürste half ihm, aber nichts würde ihn rascher wieder auf die Beine bringen als ein paar Tage Ruhe. Und die hatte er sich redlich verdient, nach dem, was er gestern alles geleistet hatte.

Nach einer Weile legte ich den Striegel beiseite und massierte Rusty mit den Fingern weiter. Wenn ich an eine empfindliche Stelle kam, bewegte er sich ein bisschen, aber die meiste Zeit stand er mit halb geschlossenen Augen ganz still und entspannt da.

Zeit zu gehen, teilte mir Twilight mit. Mir fielen inzwischen bald die Arme ab.

Gehen? Wohin?

Wo die bösen Männer die anderen Pferde gefangen haben.

Ich hielt mit dem Massieren inne. Twilight teilte mir mit, dass sie die Fanggehege gefunden hatte, die die Spriggs

gebaut hatten, um die Mustangs einzufangen. Wahrscheinlich hatte sie die gestern entdeckt, als sie mit den Wildpferden im Gelände umhergezogen war. Eine spannende Neuigkeit! Da würde ich früher oder später aktiv werden müssen, aber jetzt brauchte Rusty erstmal Ruhe.
Mit mir, sagte Twilight.
Zuerst verstand ich nicht, was sie damit meinte. Sie wiederholte es.

Ich wollte Twilight ja nicht beleidigen, aber würde ich den Mut aufbringen, mit ihr zu diesen Fanggehegen zu reiten? Das würde immerhin bedeuten, mich auf einem Pferd, das ich noch niemals vorher geritten hatte und das ich allein mit meinen Gedanken lenken konnte, in die unbekannte Wildnis zu begeben. Mit anderen Worten, sie könnte plötzlich beschließen, nicht mehr auf mich zu hören (was in der Regel mindestens einmal pro Tag der Fall ist), und dann wäre ich ihren Launen ausgeliefert. Selbst, wenn sie einigermaßen schnell kapieren würde, wie eine Zügelführung funktionierte, wäre das ein ziemlich gewagtes Unternehmen.

Vielleicht, wenn sie einen Sattel akzeptieren würde ...?
Nein.
Okay, ich sollte also auch ohne Sattel reiten. Und die Sache mit „in die unbekannte Wildnis reiten" hatte ich ja schon erwähnt, oder?

Aber dann spürte ich, dass sich Twilight genauso unsicher fühlte. Die Vorstellung, sich mit einem Halfter und Zügeln und einem Menschen auf ihrem Rücken auf einen langen Weg zu begeben, jagte ihr Angst ein. Was wäre, wenn ich etwas von ihr verlangte, mit dem sie partout nicht einverstanden war? Oder wenn ich versuchen würde, streng oder gar gewaltsam meinen Willen durchzusetzen, wenn sie sich sträubte?

Auf einmal wusste ich, dass meine Ängste genauso grundlos waren wie ihre. Wir hatten ja keine übliche Pferd-Reiter-Beziehung, in der jegliche Kommunikation von körperlichen Signalen abhing. Wir waren Freunde. Wir waren Partner. Wir wussten, was der andere dachte und empfand. Wir konnten ja sogar miteinander sprechen!

Aber das Wichtigste war: Wir konnten einander zuhören.

Und plötzlich durchströmte mich gespannte Vorfreude. Mein erster Ritt mit Twilight! Darauf hatte ich schon lange gewartet.

Ich verabschiedete mich von Rusty und legte Twilight das Halfter an. Dann verknotete ich die Zügelenden miteinander und legte sie auf ihrem Hals ab, damit ich möglichst wenig in Versuchung kam, sie allzu häufig einzusetzen. Meine alte Steighilfe befand sich noch an der gleichen Stelle, wo ich sie vor Jahren abgestellt hatte, nämlich in der hintersten Ecke der Sattelkammer. Ich schob den Block an Twilight heran und stieg auf ihn. Dann legte ich meine Hände auf ihren Rücken und wartete einen Augenblick ab.

Mein Herz pochte wie gestern vor dem Wettkampf, oder als mich Jons Hand berührt hatte, und mir wurde vor Aufregung ganz heiß. Auch Twilight war aufgeregt. Unter meinen Händen spürte ich es vibrieren, als ob unter ihrem warmen, seidigen Fell unsichtbare elektrische Ströme flossen.

Auf geht's!

Ich stieß mich ab, schob mein rechtes Bein über ihr Hinterteil und richtete mich auf. Dann ließ ich mein Körpergewicht vorsichtig auf ihren Rücken sinken.

Ich konnte es kaum fassen. Ich saß auf Twilight! Sie hatte die Ohren nach hinten gelegt, um mich besser hören zu können, und hielt den Kopf leicht nach hinten gewandt, so dass sie mich mit einem Auge sehen konnte. Ganz behutsam streckte ich die Hand aus und strich ihr über den Hals.

Okay?, fragte ich.

Twilight schnaubte und stampfte dann mit einem Huf. Aha. Anscheinend nicht okay. Ich spürte, wie sie mit sich kämpfte, und wollte mich fast selbst schon abwerfen. Seit zahllosen Generationen hatten sich wilde Pferde gegen alle Wesen gewehrt, die sie auf ihrem Rücken spürten. Dieser Abwehrinstinkt war so tief in ihnen verwurzelt, dass er eigentlich fast unüberwindbar war.

Aber meine Twilight kämpfte tapfer dagegen an.

Ich geh runter, bot ich ihr an. Die Sekunden vergingen, und als sie dem Drang zu bocken und mich abzuwerfen nicht nachgab, wuchs in mir die Zuversicht, dass sie mir ja vielleicht doch erlauben würde, sie zu reiten. Es war also ganz gut, wenn wir früher aufbrachen als geplant. Im Notfall konnte ich auch zu Fuß neben ihr herlaufen.

Warte, erwiderte sie.

Ich wartete. Und während ich auf ihrem Rücken saß und ihr sanft den Hals entlangstrich, spürte ich, wie sie sich ganz allmählich entspannte. Und dann machte sie plötzlich ein paar Schritte vorwärts. Ich war total überrascht und musste mich rasch an ihrer Mähne festhalten. Noch einmal verspürte sie kurz den Instinkt, sich aufzubäumen, aber sie beherrschte sich erneut. Wir ritten aus dem Stall

heraus, und Twilight ging in Richtung Haus. Da sie diejenige war, die wusste, wo sich diese Fanggehege befanden, brauchte ich nur still zu sitzen. Rascal kam herbeigeflitzt und schnüffelte an Twilights Hinterbeinen.

„Nein, Rascal", sagte ich mit fester Stimme. Ich hatte Angst, dass Twilight vielleicht doch noch die Nerven verlieren und nach ihm ausschlagen könnte.

Twilights Rücken krümmte sich.

„Rascal!"

Er schoss davon, tauchte aber gleich darauf vor uns auf. Twilight entspannte sich wieder. Diesmal kam mir das schon viel schneller vor als eben.

Aber selbst wenn sie entspannt war, war es nicht gerade einfach, sie zu reiten. Sie war viel schmaler gebaut als Rusty, und ihr Schritt war nicht so fest und kraftvoll. Wahrscheinlich war das so, weil sie noch nicht daran gewöhnt war, ein Gewicht zu tragen. Außerdem saß ich auf ihr nicht so hoch oben wie auf Rusty.

Als wir uns dem Haus näherten, sah ich Mama durch das große Verandafenster. Sie war noch im Schlafanzug und saß vor einer leeren Leinwand.

Aber Moment mal ... die war ja gar nicht leer! Ich konnte darauf ganz deutlich einige Linien erkennen.

Mama starrte die Leinwand an, als wäre sie das Faszinierendste, das sie je in ihrem Leben gesehen hätte. Dann pinselte sie leichthändig einige weitere Striche auf. War das etwa der Entwurf für ihr nächstes Bild? Dieser Tag war wirklich denkwürdig.

„Mama!", rief ich laut.

Twilight machte einen Satz, und ich tätschelte sie kurz am Hals, um mich für das laute Geräusch zu entschuldigen. Meine andere Hand legte ich über die Zügel, damit es so aussah, als würde ich sie halten, ohne sie aber tatsächlich aufzunehmen.

Mama schaute mit verschleiertem Blick aus dem Fenster. Sie wirkte geistesabwesend, anscheinend befand sie sich gerade total in ihrer Künstlersphäre! Schließlich schien sie uns doch wahrzunehmen, denn auf einmal klappte sie überrascht den Mund auf, sprang hoch und kam zur Haustür gelaufen.

Stopp, teilte ich Twilight mit.

Sie blieb sofort stehen. Ich war beeindruckt. Vielleicht könnte das Ganze ja tatsächlich funktionieren.

Die Haustür flog auf, und Mama kam nach draußen gerannt. „Du reitest auf Twilight? Seit wann kannst du das denn?"

„Ach, ich hab schon eine ganze Weile mit ihr gearbeitet", sagte ich und verfiel damit sofort in meine alte Gewohnheit, nie direkt auf eine Frage zu antworten. Aber tief in mir drin war mir diesmal irgendwie unbehaglich dabei. Der Mut, den Twilight heute aufgebracht hatte, um gegen ihre uralten Verhaltensmuster anzukämpfen, hatte anscheinend einen tieferen Eindruck auf mich gemacht, als ich ahnte. Meine kleine Stute hatte etwas getan, das sie aus eigenem Willen für mich tun wollte. Als ich auf ihrem Rücken saß, hatte sie mich nicht in hohem Bogen sofort wieder abgeworfen, wie es ihr natürlicher Instinkt eigentlich von ihr verlangt hätte. Vielleicht konnte ich ja doch sagen, wie es wirklich war.

„Aber ehrlich gesagt, reite ich sie heute das erste Mal," fügte ich also hinzu. Als ich das sagte, überkam mich ein fast überirdisches Gefühl von Ruhe und Gelassenheit.

„Da ist ja unglaublich. Sie wirkt vollkommen entspannt! Und du verwendest nur Halfter und Zügel? Und keinen Sattel?" Mama schaute mich an, und ich sah Respekt in ihren Augen. „Du bist echt ein Pferdetalent, Evy, das muss ich schon sagen."

„Twilight und ich verstehen uns halt gut."

Mama kam die Verandastufen herunter und streichelte Twilight. „Wenn man sie so sieht, fällt es einem fast schwer zu glauben, dass sie als Wildpferd geboren wurde."

„Ja", pflichtete ich ihr bei, obwohl es mir überhaupt nicht schwer fiel – was aber wahrscheinlich daran lag, dass ich ja wusste, was Twilight die meiste Zeit über dachte. Manche ihrer Empfindungen waren in der Tat ziemlich wild und abgefahren.

"Besonders, nachdem ich gestern diese Mustangstute gesehen habe, Twilights Mutter", fuhr Mama fort. „So wäre Twilight wohl auch geworden, wenn du sie nicht gezähmt hättest."

Ich hätte jetzt entgegnen können, dass ich mir gar nicht so sicher war, wer von uns beiden hier wen gezähmt hatte. Oder ich hätte darauf hinweisen können, dass Wind Dancer für eine wilde Mustangstute eigentlich erstaunlich ruhig und zurückhaltend war. Aber stattdessen entschloss ich mich, das zu sagen, was ich eigentlich hatte sagen wollen. Und zwar schnell, bevor diese unglaubliche Selbstsicherheit wieder nachließ, die ich auf einmal spürte.

„Du, Mama, was hast du eigentlich gestern in der Stadt noch vorgehabt? Du hast gesagt, dass du das Geld aus dem Verkauf deines Bildes abgeholt hast. Ich weiß aber, dass du noch jemanden getroffen hast, der ein schwarzes Cabrio fuhr."

Mamas Gesicht wurde kreidebleich. Mein abgeklärtes Gefühl wurde nur noch stärker.

„Ich weiß, du wirst nicht sagen, dass ich recht habe, und das ist schon okay. Aber sag mir wenigstens, wenn ich falsch liege." Ich räusperte mich, um meine Gedanken zu ordnen. „Also ich glaube, du hast den größten Teil von dem Verkaufserlös deines Bildes dieser Person gegeben. Ich glaube, dass diese Person für dich tätig ist. Dass sie ... bestimmte Dinge für dich recherchiert."

Mama hatte sich inzwischen auf die oberste Verandastufe gesetzt und schien ziemlich verblüfft zu sein. Aber sie stritt nichts ab.

„Ich glaube, du hast diesen Privatdetektiv schon den ganzen Frühling und Sommer engagiert, damit er etwas über bestimmte Leute aus deiner Vergangenheit herausfindet. Und in diesen braunen Umschlägen, die Kestrel dir manchmal mit der Post mitbringt, befinden sich Informationen von ihm. Und ich glaube weiterhin, dass diese Ermittlungen eine Stange Geld kosten, und es deswegen bei uns finanziell knapp wird."

Ich schwieg einen Moment, um ihr Gelegenheit zu geben, etwas zu erwidern. Aber sie sagte kein Wort. Stattdessen schlang sie sich die Arme um die Knie und hielt den Kopf gesenkt. Sie sah so verzweifelt und verlassen aus, dass ich nicht weitersprach.

Dabei hätte ich noch hinzufügen können, dass dieser Privatdetektiv vermutlich Informationen über ihre Familie oder die Familie meines Vaters beschaffen sollte – also auf jeden Fall über meine Familie – und dass ich fände, dass ich ein Recht darauf hatte zu erfahren, worum es ging. Ich hätte sie auch geradeheraus fragen können, wer Tristan war. Ich hätte sie alles Mögliche fragen können, denn zum ersten Mal in meinem Leben fühlte ich mich stark und selbstbewusst genug, um das alles anzusprechen.

Aber als ich meine Mutter dasitzen sah, wie ein Häufchen Elend und voll unter Beschuss, wurde mir auf einmal klar, dass es etwas gab, das noch viel wichtiger war als die Antworten auf meine Fragen. Ich sah, dass meine Mutter Angst hatte und sich schrecklich quälte. Nach dem furchtbaren Schock im Frühling war sie gerade wieder auf dem Weg, seelisch gesund zu werden und zu sich selbst zurück zu finden. Sie hatte wieder Pinsel und Farben in die Hand genommen und sogar mit einer Skizze begonnen. Ich hatte nicht das Recht, sie aus dieser hoffnungsvollen Phase, die da gerade aufkeimte, herauszureißen.

„Aber ich möchte dir gleichzeitig sagen, dass es mir wirklich nichts ausmacht", sagte ich schließlich, obwohl das nicht so ganz der Wahrheit entsprach. Nur gut, dass Rusty nicht in der Nähe war.

Mama schaute überrascht zu mir auf. In ihren Augen standen Tränen.

„Ich vertraue dir, dass du das Richtige für uns tust. Und wenn du irgendwelche Informationen brauchst, dann ist das okay", fügte ich hinzu. Diesmal stand ich voll hinter meinen eigenen Worten.

Mama erhob sich. „Ich danke dir, Evy", sagte sie. Ihre Stimme klang heiser und sehr bewegt.

„Aber irgendwann sagst du mir alles, okay? Vielleicht sogar bald?"

Sie nickte und hielt den Mund fest zusammengepresst, als fürchtete sie, dass alles heraussprudeln würde, sobald sie ihre Lippen öffnete.

„Ich reite jetzt mit Twilight rüber zu den Gehegen, die die Spriggs gebaut haben, um die Wildpferde einzufangen. In ein paar Stunden sind wir wieder zurück", fügte ich hinzu.

Um mir zu beweisen, wie sehr sie mir und meiner Mustangstute vertraute, verlor sie kein Wort darüber, wie unvernünftig es war, mit einem kaum zugerittenen Pferd in die Wildnis zu reiten. Entweder war das der Grund, warum sie keinen Ton sagte, oder es hatte ihr immer noch die Sprache verschlagen.

Also geh und such die Fanggehege, forderte ich Twilight auf, und mein wunderbares Fohlen gehorchte sofort und begann loszulaufen.

„Viel Spaß beim Malen!", rief ich Mama noch zu und wünschte mir inbrünstig, dass sie zu ihrem alten, kreativen Selbst zurückgefunden hatte. Wir hatten das Geld, das sie mit ihren Bildern verdienen konnte, dringend nötig, aber noch viel wichtiger war mir, dass sie überhaupt wieder malte, denn das brauchte sie, um glücklich zu sein. Ihre Kunst war die Nahrung für ihre Seele, fast so, wie Rusty und Twilight und die Natur die Nahrung für meine Seele waren.

Mama winkte mir stumm nach, dann drehte sie sich um und ging ins Haus zurück. An ihrem Gesichtsausdruck konnte ich sehen, dass sie in Gedanken bereits ganz woanders war. Wahrscheinlich bei ihrem neuen Bild. Super!

Rascal hängte sich sofort schwanzwedelnd an unsere Fersen. Loonie hob erwartungsvoll den Kopf und sah uns nach. Einen Moment lang überlegte ich, ob ich sie rufen sollte, so wie ich es früher getan hätte, aber dann ließ ich es. Heute konnte ich sie nicht mitnehmen. Es war vermutlich ein langer Weg zu diesen Fanggehegen, und damit zu anstrengend für Loonie.

Ich sollte recht behalten. Nach einem Ritt von etwa sechs oder sieben Meilen durch unberührte Natur kamen wir an eine Stelle, an der ein paar Stangen zwischen die Bäume genagelt waren. Twilight und ich folgten dieser Zaunlinie, bis auf der anderen Seite des Weges ebenfalls solche angenagelten Stangen auftauchten. Sie verliefen immer enger, bis das Ganze schließlich eine Art Trichter bildete.

Dann standen wir vor dem Fanggehege. Es befand sich am Ende eines schmalen, zerfurchten Holzfällerwegs – für Mustangjäger sehr bequem gelegen. Es gab sogar eine Fangbox zum leichteren Verladen auf einen Lastwagen.

Wir waren nicht allein. Charlie war bereits am Werk und riss die einzelnen Pferche nieder. Wahrscheinlich hatte er gestern von den Spriggs erfahren, wo sich das Fanggehege befand. Als er mich auf Twilight auf die Lichtung kommen sah, hob er eine Augenbraue, sagte aber kein Wort. Ich glitt von ihrem Rücken, nahm ihr das Halfter ab und half ihm dann beim Abbauen, während Twilight zu Redwing hinübertänzelte, um ein wenig zu flirten. Charlie brauchte ich nicht viel zu erklären. Er hatte mein Geheimnis letztes Jahr herausgefunden und wusste, dass ich mich mit Pferden auf eine ganz besondere Weise verständigen kann.

Wir schufteten den ganzen Vormittag und noch einen guten Teil des Nachmittags. Dabei erzählten wir uns gegenseitig Geschichten, lachten, alberten herum und sprachen über Mustangs und andere Pferde, die wir kannten. Schließlich war das Fanggehege vollständig niedergerissen – alle Nägel herausgezogen, alle Stangen lose im Wald verteilt und alle Fangvorrichtungen zerlegt.

Als wir fertig waren, war von Twilight keine Spur zu sehen. Während Charlie Redwing für den Heimweg sattelte, nahm ich in Gedanken mit ihr Kontakt auf.

Hab zu tun. Bin gleich zurück.

Es machte mir nichts aus. Es war ein wunderschöner Tag, warm und friedlich.

Ich winkte Charlie zum Abschied zu, dann hockte ich mich auf den Waldboden, und Rascal und ich teilten uns ein Sandwich. Hm, was meinte Twilight wohl mit „gleich"?

Als wir aufgegessen hatten, war Twilight immer noch nicht da, also legte ich mich eine Weile hin und genoss die warmen Sonnenstrahlen. Rascal machte währenddessen ein Nickerchen.

Schließlich begannen wir, zu Fuß nach Hause zu gehen. Ich warf für Rascal kleine Stöckchen, denen er übermütig hinterherjagte. Das mit dem Fangen hatte er noch nicht so ganz raus, aber das würde er schon noch lernen. Jedenfalls gab es genügend Material zum Werfen.

Nach etwa zwanzig Minuten stieß Twilight zu uns. Sie ließ sich widerstandslos das Halfter anlegen, und ich schwang mich auf ihren Rücken, diesmal ohne Aufsteigehilfe. Als sie loslief, war ihr Gang kraftvoll und federnd. Anscheinend gewöhnte sie sich allmählich an mein Gewicht.

Wir übten ein wenig die Zügelführung, denn falls ich meinen Pferderadar jemals abschalten musste, war es ja wichtig, dass wir uns trotzdem weiterhin miteinander verständigen konnten. Ich war verblüfft, wie rasch sie alles begriff. Anhalten, rechts, links, wenden, Schenkelsignale, langsamer, schneller – Twilight kapierte die Signale fast auf Anhieb und reagierte darauf wie ein altgedientes Reitpferd. Natürlich half es auch ein bisschen, dass ich ihr bei Bedarf alles erklären konnte.

Auf einmal bat sie mich, ihr das Halfter abzunehmen.

Warum?

Überraschung.

Ich traute der Sache nicht so ganz. Was mochte das wohl für eine „Überraschung" sein, die es erforderte, dass sie kein Halfter trug? Ich war gespannt wie ein Flitzebogen.

Als ich ihr das Halfter abgenommen hatte, sollte ich als Nächstes Rascal an einem Baum anbinden.

Wie bald sind wir zurück?, fragte ich besorgt.

Bald.

Na, hoffentlich würde dieses „bald" etwas kürzer sein als das letzte Mal. Gespannt stieg ich ab, tat wie geheißen und schwang mich wieder auf ihren Rücken. Dann streckte ich den Zeigefinger in Richtung Rascal und befahl ihm: „Du bleibst hier!"

Er winselte, legte den Kopf schief und setzte sich.

„Hierbleiben – bis wir zurück sind!", wiederholte ich nachdrücklich. Er legte sich hin und versteckte seinen Kopf zwischen seinen puscheligen Pfoten. Anscheinend hatte er verstanden und fügte sich in sein Schicksal.

Als Twilight zielstrebig loslief und dabei in einen flotten Trab verfiel, wurde mir doch etwas mulmig. Ich kannte mich in dieser Gegend hier überhaupt nicht aus und hatte keine Ahnung, wo es hingehen würde. Aber dann fiel mir ein, dass Twilight mit diesem Gelände so vertraut war wie mit ihrem Futtereimer. Also würden wir uns bestimmt nicht verirren.

Geschwind ging es zwischen den Bäumen hindurch und

etliche Wildwechsel entlang. Nach etwa zehn Minuten erreichten wir den Waldrand. Twilight blieb stehen.

Bist du bereit?

Bereit für was?

Was Schönes! Und dann machte sie einen Satz vorwärts und galoppierte mit hoch erhobenem Kopf und flatternder Mähne los. Noch nie in meinem Leben war ich so schnell geritten! Wir hatten die Waldwiese in wenigen Sekunden überquert, preschten dann durch ein kleines Wäldchen und kamen danach auf eine riesengroße Wiese.

Ich sah sie sofort. Alle Köpfe drehten sich nach uns um, kleine und große, dunkle und helle, mit und ohne Stirnzeichen. Es war Twilights Herde, und ein Pferd, das ich noch nicht kannte, war auch dabei: eine kleine Rotfuchsstute mit einer breiten Blesse und weißen Beinen. Anscheinend hatte sie sich im Fanggehege zwischen all den Herden verirrt und war bei Twilights Familie gelandet. Ich freute mich über den Neuzugang, hatte die Herde doch in letzter Zeit einige Verluste hinnehmen müssen.

Night Hawk kam auf uns zugetrottet und stieß einen Warnlaut aus. Ich beugte mich vor und presste mich so eng es ging an Twilight Nacken, damit die Wildpferde mich nicht sehen konnten.

Twilight begrüßte ihren Vater mit einem Wiehern, und er gab den Gruß zurück, der jetzt schon weitaus freundlicher klang. Twilight lief auf die Herde zu, wobei sie ihren Körper geschickt so schräg hielt, dass ich nicht direkt ins Blickfeld der Herde geriet. Als wir den Pferden ganz nahe gekommen waren, blieb sie nicht stehen, um mit ihrem Vater oder mit der Leitstute einen Begrüßungsschnüffler auszutauschen. Auch Wind Dancer und Crescent Moon näherte sie sich nicht, weil sie wusste, dass die beiden mich unweigerlich entdecken würden. Stattdessen galoppierte sie in einem großen Kreis um die Herde herum.

Und dann kam auf einmal Ice hinter uns hergaloppiert. Im nächsten Moment war auch Crescent Moon mit von der Partie. Sie streckte tapfer ihre langen Beinchen, um mit ihrer älteren Schwester Schritt zu halten. Nun wollte auch Wind Dancer nicht außen vor bleiben, und sie preschte im gestreckten Galopp neben uns her. Ihre lange, verfilzte Mähne wippte wie eine Schaumkrone auf einer Welle und ihr langer, cremefarbener Schweif flatterte im Wind.

Nach einer Weile tauchte auch die fremde Rotfuchsstute mit der weißen Blesse neben Crescent Moon auf. Ich sah, dass sie himmelblaue Augen hatte! Ich fuhr behutsam meine Pferdeantenne aus ... Shimmer! Ihr Name war Shimmer. Sie war superschön. Ich schaute kurz über die Schulter. Nun kamen auch Night Hawk und Black Wing hinter uns her, mit stolz gereckten Köpfen.

Während ich das dumpfe Donnern ihrer Hufe genoss, den herrlichen Geruch der vielen Pferdekörper einsog und die warmen Sonnenstrahlen und den Wind auf mir spürte, hätte ich mich am liebsten aufrecht gesetzt und beide Arme weit ausgestreckt. Aber das hätte die Pferde natürlich erschreckt und alles verdorben, also stellte ich es mir nur in Gedanken vor. Mein Herz wollte schier zerspringen vor Glück. Ich ritt inmitten von Wildpferden! Ich fühlte mich fast wie ein Teil von ihnen! Zum ersten Mal in meinem Leben spürte ich nicht nur aus der Ferne, was sie dabei empfanden, wenn sie frei und ungebunden dahingaloppierten, sondern war selbst mittendrin dabei.

Es war die schönste Überraschung und das vollkom-

menste Geschenk, das Twilight mir machen konnte. Allein für diese Glücksmomente hatte sich mein Leben gelohnt. Schöner konnte es nicht sein. Niemals.

Als wir später gemächlich zu Rascal zurückritten, hatte es mir immer noch die Sprache verschlagen. Ich konnte nicht einmal richtig denken. Ich war zwischen wilden Mustangs geritten – das war so ein unglaublich besonderes, fast magisches Erlebnis gewesen, dass ich es noch immer kaum fassen konnte.

Rascal wartete brav und still, aber schon sichtlich ungeduldig. Als ich ihn von dem Baum losgebunden hatte und dann zu Twilight hinüberging, hüpfte er ausgelassen um meine Beine herum.

Danke!

Ich spürte Twilights Freude, und mir wurde ganz warm ums Herz. Sie war glücklich, dass ihr Geschenk bei mir so gut angekommen war.

Extraportion Hafer zum Abendbrot?, schlug ich vor.

Jaaa!

Na, das war mal eine eindeutige Antwort. Ich grinste, als ich um sie herum ging, Halfter und Zügel über dem Arm.

Kein Halfter …?, fragte sie leicht verwirrt.

Jetzt nicht. Ich lächelte. Ich würde es zwar künftig immer wieder verwenden müssen, um kein Aufsehen zu erregen, aber hier draußen in der Wildnis, unserer Heimat, brauchten wir das nicht.

Ich schwang mich wieder auf ihren Rücken, und dann ritten wir nach Hause. Halfter und Zügel lagen ordentlich zusammengerollt über ihren goldfarbenen Schultern. Ich zauste ihre langen, dunklen Mähnenhaare. Rascal flitzte die ganze Zeit neben uns her und nahm aufgeregt jeden Geruch auf, den er mit seiner neugierigen Hundenase erwischen konnte.

Was für ein unglaublicher Tag! Dabei hatte ich bis vor Kurzem noch gedacht, dass gestern eigentlich kaum zu toppen gewesen wäre. Na ja, eigentlich war der Tag gestern ja auch nicht übel gewesen: Ich hatte immerhin ein gefährliches Rennen gewonnen und wilde Mustangs vor dem Schlachthof gerettet. Eine ganze Menge für einen einzigen Tag! Aber was ich heute erlebt hatte, einfach war unvergleichlich.

Heute war mein wirklicher Glückstag gewesen. Ich war Twilight das allererste Mal geritten, hatte ein offenes Gespräch mit meiner Mutter gehabt, die außerdem wieder zu malen begonnen hatte, und ich war Seite an Seite mit wilden Mustangs galoppiert. Wahnsinn.

Und dann war da noch etwas, das vielleicht das Allerwichtigste überhaupt war. Ich wusste nun mit einer inneren Sicherheit, die sich mit Worten kaum beschreiben ließ, dass ich mich stets auf Twilight verlassen konnte. Sie würde immer und überall für mich da sein, mit mir durch dick und dünn gehen – egal, was jemals passieren mochte. Ich konnte ihr meine Träume und Hoffnungen anvertrauen und wusste, dass sie mich nie im Stich lassen würde. Genau, wie auch ich sie nie im Stich lassen würde.

Ich konnte ihr bedenkenlos mein Leben anvertrauen.

Als wir so zwischen den Bäumen hindurch trabten, musste ich unwillkürlich lächeln. Angesichts der Tatsache, dass wir früher oder später garantiert in irgendein neues Abenteuer hineingeraten würden, war es nur eine

Frage der Zeit, bis mein Leben tatsächlich wieder mal in ihren Händen liegen würde. Oder sollte ich besser sagen: in ihren Hufen?

Aber da dies anscheinend mein Glückstag war, würde es vielleicht nicht gerade heute schon so weit sein ...